LA PATRONNE

DE

LA BRETAGNE

OU LE PÈLERINAGE

DE SAINTE-ANNE D'AURAY

PAR

JULES DELMAS.

NANTES

LIBRAIRIE CATHOLIQUE LIBAROS

5, CARREFOUR CASSERIE, 5

—

1875.

LA PATRONNE

DE

LA BRETAGNE

Nantes, IMPRIMÉRIE CHARPENTIER, A. Boucherie et Cⁱᵉ, suc.

LA PATRONNE

DE

LA BRETAGNE

OU LE PÈLERINAGE

DE SAINTE-ANNE D'AURAY

PAR

JULES DELMAS

Ignotus erit locus, donec congreget Deus congregationem populi, et propitius fiat; et tunc Dominus ostendet hæc, et apparebit majestas Domini.

Le lieu restera inconnu, jusqu'à ce que Dieu y rassemble un grand peuple, pour lui accorder son pardon; alors le Seigneur le manifestera, et l'on verra y apparaître sa majesté.

NANTES

LIBRAIRIE CATHOLIQUE LIBAROS

5, CARREFOUR CASSERIE, 5

1875.

AUX BRETONS.

Au sein de ma famille, j'avais appris à aimer la Bretagne. Aussi un de mes vœux les plus chers, avait-il toujours été de visiter cette vieille terre de l'honneur et de la foi.

Et quand j'arrivais le 27 mars de cette année, veille de Pâques, à Sainte-Anne d'Auray, je ne faisais qu'accomplir un constant désir de mon cœur.

J'étais heureux de me trouver au milieu de ces populations simples, religieuses et fortes, que la Révolution n'a pu atteindre encore de son souffle délétère.

Le lendemain, une agréable surprise m'était réservée. Dès dix heures du matin j'entendais le bruit d'une troupe en marche : c'étaient des marins bretons, de l'équipage de l'Argus, navire stationné dans la rivière d'Auray, qui défilaient sous ma fenêtre, conduits par leurs officiers et leur digne commandant. Ils venaient, ces braves, implorer leur Patronne avant de partir pour des contrées lointaines.

Vers neuf heures, j'assistais à la grand'messe; tous les habitants de Sainte-Anne s'y étaient rendus. Je ne pouvais me lasser d'admirer ces bons Bretons: pendant plus de deux heures, agenouillés ou debouts, ils furent impassibles. Jeunes et vieux tenaient en main un chapelet et toujours leurs lèvres murmuraient d'ardentes prières.

Je comparais ce peuple de granit qui, à travers tant de siècles, est resté inébranlable et fidèle à sa noble devise: Potiùs mori quàm fœdari, avec ce peuple léger que la Révolution nous a fait dans presque toutes nos provinces. Et par cette comparaison, j'étais amené à faire des réflexions bien tristes... Oh ! si la France avait su prier comme la Bretagne, que de malheurs elle se serait évités.

Conservez toujours votre foi, peuple breton, et vous serez toujours d'héroïques défenseurs de l'Eglise et de la Patrie. Vous ne ferez que continuer les traditions de vos ancêtres et que suivre les nobles exemples que vous ont donné vos illustres compatriotes, Lamoricière, Charette et les autres enfants de la Bretagne qui, après avoir, à Castelfidardo, à Mentana et au siège de Rome, noblement rempli leurs devoirs de fils aîné de l'Eglise, ont su montrer aux Prussiens, à Patay et au Mans, ce que vaut la vaillance du soldat de Dieu.

A vous, peuple breton, je dédie cet opuscule dont vous

m'avez iuspiré l'idée. J'ai voulu vous parler de Celle que vous aimez tant, vous rappeler la dévotion de vos ancêtres pour l'aïeule du Christ, et faire connaître tout ce que vous-mêmes avez fait pour son culte et pour sa gloire.

J'ose espérer que vous voudrez bien vous souvenir aux pieds de sainte Anne, de l'humble auteur de la Patronne de la Bretagne.

JULES DELMAS.

Ce 15 juillet 1875, fête de saint Henri.

LA PATRONNE

DE

LA BRETAGNE

I

Anne et Joachim. — Pourquoi ils n'habitaient pas la terre de David. — Stérilité d'Anne. — Humiliation de Joachim au Temple. — Il ne retourne pas à sa demeure. — Douleur d'Anne. — Un ange apparaît à Anne et lui annonce la naissance d'un enfant. — L'ange Gabriel renouvelle cette promesse à Joachim et lui ordonne d'aller rejoindre son épouse. — Rencontre d'Anne et de Joachim.

L'ANTIQUITÉ chrétienne nous a conservé les noms du père et de la mère de la sainte Vierge par la plume des Docteurs et des Pères de l'Église. « Marie eut Anne pour mère, » dit l'illustre évêque de Salamine, saint Épiphane, en l'an 350, dans l'ouvrage qui porte ce titre : *Adversus hæreses*, « et Joachim pour père. Elle était parente d'Elisabeth et descendait de la *famille et de la maison de David.* »

Joachim descendait en ligne directe de David par Mathan ; Anne était issue de la famille d'Aaron, ainsi que Zacharie et Elisabeth, le père et la mère de saint Jean-Baptiste.

D'après la loi de leur naissance, ils auraient dû habiter Bethléem. Mais Hérode était monté sur le trône et avait résolu d'anéantir toute la maison des Machabées, qui précédemment gouvernaient les Juifs. Plusieurs descendants de la famille royale de David, tombés à peu près dans l'oubli, craignant avec raison la fureur du tyran, s'étaient réfugiés dans la Galilée, auprès de Nazareth, où retirés au milieu des montagnes, ils vivaient de leur travail. Ainsi s'explique la présence d'Anne et de Joachim dans une contrée qui n'était pas la terre de David.

Ils jouissaient d'une honnête aisance et employaient utilement leurs revenus, qu'ils divisaient en trois parts. La première était pour le temple ; la seconde pour les veuves, les orphelins, les pauvres et les voyageurs ; la troisième pour les serviteurs et l'entretien de la maison.

Ils passaient une grande partie de leur temps dans la prière.

Dix-neuf ans s'étaient écoulés depuis leur mariage, et ils n'avaient pas d'enfants. Cette privation était regardée par les Juifs comme une malédiction. Leurs voisins leur disaient souvent à ce propos des choses pénibles ; ces insultes augmentaient encore leur douleur.

C'est vers cette époque qu'ils se rendirent à Jérusalem, selon la coutume, pour la fête des Encénies. Tous
les enfants d'Israël étaient accourus pour offrir à Dieu
des sacrifices. Le grand-prêtre Ruben immolait leurs
victimes. Joachim s'étant présenté à son tour, portant
un agneau, symbole de douceur et d'innocence, le
grand-prêtre l'aperçut et lui dit : « Pourquoi te mêles-
tu à ceux qui sacrifient au Seigneur, toi dont Dieu n'a
pas béni le mariage, et qui n'as point donné d'enfant à
Juda ? » Humilié ainsi devant tout le peuple, Joachim
sortit du temple en pleurant, mais ne retourna point
à sa maison. Il alla rejoindre son troupeau dans une
campagne voisine de Jérusalem, et, prenant avec lui
ses pasteurs, il s'enfonça au loin dans les montagnes.
Anne retourna seule dans sa demeure, le cœur navré.
Elle resta cinq mois sans avoir de nouvelles de Joachim.
Profondément affligée de son absence, elle s'écriait
dans ses prières : « Seigneur, Dieu d'Israël, Dieu fort,
pourquoi m'avez-vous privé d'enfant? pourquoi avez-
vous éloigné de moi mon époux? Voilà que cinq mois
se sont passés, et je ne le vois point; j'ignore s'il est
mort et si on lui a donné la sépulture. »

Un jour qu'elle était abîmée dans la douleur, elle se
retira dans l'intérieur de sa maison, et, tombant à
genoux, elle répandit avec abondance ses soupirs et ses
vœux aux pieds du Seigneur. Après avoir terminé son
oraison, elle s'efforça de dissiper ses peines et quitta
ses vêtements de deuil. Elle orna sa tête, revêtit sa
robe nuptiale et sortit. A quelques pas de sa demeure,
Anne s'assit à l'ombre d'un laurier en fleur; levant les

yeux vers le ciel, elle aperçut un nid de passereaux caché dans le feuillage. A cette vue, poussant un profond soupir, elle s'écria : « Hélas ! à qui pourrais-je me comparer dans ma douleur ? Quelle mère m'a donné le jour, pour être un sujet de contradiction en présence des fils d'Israël ? Ils ont insulté ma misère ; ils m'ont repoussée du temple du Seigneur ! Hélas ! à qui pourrais-je être comparée ?

» Les oiseaux du ciel sont féconds devant vous, ô mon Dieu ; les animaux sauvages qui peuplent la solitude ont reçu de votre main la fécondité. A qui ressemblé-je donc ? L'onde elle-même est fertile ; les flots des mers, orageux ou paisibles, l'armée des poissons qui vivent dans leur sein chantent votre gloire. La terre produit en son temps des fleurs et des fruits, et vous bénit, ô Seigneur ! Et moi seule je vis dans la malédiction ! »

Et comme elle achevait d'exhaler sa douleur en ces termes, un ange apparut tout-à-coup devant elle et lui dit :

— Ne crains point, il est dans les desseins de Dieu de te donner un enfant, et celui qui naîtra de toi fera l'admiration des siècles jusqu'à la fin des temps.

— Vive le Seigneur mon Dieu, reprit Anne ! S'il me donne un enfant, je le consacrerai dans son temple pour le servir tous les jours de sa vie.

L'ange disparut aussitôt. Anne, émue et tremblante, rentra dans sa demeure. Elle passa tout le jour et toute la nuit dans la frayeur et dans la prière. Elle appela ensuite une de ses servantes auprès d'elle et lui dit :

— Tu vois que je suis seule et dans la peine; pourquoi n'es-tu pas entrée auprès de moi?

— Si Dieu vous a rendue stérile et a éloigné de vous votre époux, lui répondit en murmurant sa servante, que puis-je y faire?

En entendant ce dur reproche, Anne se mit à pleurer.

Au moment où un ange apparaissait à Anne pour lui annoncer qu'elle serait mère, un autre messager céleste, l'ange Gabriel, se montrait à Joachim dans la montagne où il faisait paître ses troupeaux. L'ange Gabriel se tint debout devant lui. Joachim se prosterna, car cette vision l'effrayait.

— Ne crains point, dit le messager céleste, je suis l'ange du Seigneur. C'est Dieu même qui m'envoie. Il a prêté l'oreille à ta prière, et tes aumônes sont montées en sa présence. Voici ce que dit le Seigneur : Anne, ton épouse, mettra au monde une fille à laquelle vous donnerez le nom de Marie. Elle sera consacrée à Dieu dans le temple; le Saint-Esprit habitera en elle dès le sein de sa mère et il y opèrera de grandes choses. C'est pourquoi descends de la montagne, retourne auprès de ton épouse, et tous deux rendez grâces au Seigneur.

Joachim s'inclina devant lui et reprit :

— Si j'ai trouvé grâce devant vous, asseyez-vous un peu dans ma tente, et bénissez votre serviteur.

L'ange lui répondit :

— Ne te nomme point mon serviteur; nous sommes tous serviteurs du même Maître. Je ne prendrai point la nourriture que tu me présentes; ma nourriture, à moi, est invisible, et ma boisson ne peut être connue des hommes. Ne me presse donc point de m'asseoir sous ta tente, et offre en holocauste à Dieu les mets que tu voulais me servir.

Joachim ayant offert le sacrifice que l'ange lui avait ordonné, se mit en marche pour retourner dans sa maison.

Alors deux envoyés célestes apparurent à Anne et lui dirent :

— Voici venir Joachim, votre époux, avec de nombreux troupeaux. Vous le rencontrerez à la porte Dorée, et tel sera le signe de la vérité de notre promesse.

Anne se rendit sur-le-champ à la rencontre de Joachim. Comme elle approchait de la porte Dorée, elle vit de loin son époux qui chassait devant lui ses troupeaux. Les deux saints vieillards s'embrassèrent, mêlant leur commune joie.

— C'est maintenant, s'écria l'heureuse Anne, que Dieu m'a comblée de ses bénédictions. Il fait cesser ma viduité et m'accorde le bonheur d'être mère.

Ils se racontèrent ensuite leurs visions merveilleuses, et, dans l'admiration que leur causaient ces manifestations célestes, ils rendirent grâces à Dieu.

II

Naissance de la Vierge immaculée. — Allégresse d'Anne. — Les prêtres donnent à son enfant le nom de Marie. — Mort d'Anne et de Joachim.

Dans le mois de Tisri, le septième de l'année sacrée des Hébreux, le premier de leur année civile, et, selon notre manière de compter, le 8 septembre de l'année 734 de la fondation de Rome, le vingt-sixième du triumvirat d'Auguste, le troisième de la cent quatre-vingt-dixième olympiade, naquit un samedi, à l'aube du jour, auprès de Nazareth, la Vierge immaculée.

L'heureuse Anne, devenue mère, s'écria : « Mon âme surabonde de joie à la vue de ces merveilles! » Et elle accueillit avec un doux baiser la Vierge immaculée que Dieu lui donnait. Ensuite elle continua en ces termes l'hymne de son allégresse et son chant d'action de grâces :

« Félicitez l'heureuse mère qui a vu cesser sa stérilité, qui a vu le fruit des promesses; dont la vieillesse possède enfin la joie qu'elle a tant désirée, et allaite un enfant de bénédiction.

» J'ai dépouillé les tristesses de la stérilité pour la joie de la maternité.

» Que cette vertueuse Anne des anciens jours, l'heureuse rivale de Phénenna, prenne part à mon triomphe. La même merveille s'est renouvelée en moi.

» Que l'antique Sara préside à nos fêtes ; elle a figuré mon enfantement merveilleux après tant d'années de stérilité.

» Que toutes les femmes qui n'ont point connu le bonheur d'être mères célèbrent la céleste faveur de ma fécondité. »

Tandis qu'Anne chantait ainsi, Joachim, absorbé par les sentiments de la reconnaissance et de la joie, remerciait Dieu d'avoir effacé son opprobre et glorifié son nom parmi les enfants d'Israël.

Alors une voix se fit entendre, et s'adressant à l'enfant qui venait de naître, lui dit : « Bénie sois-tu en ce monde, ô ma bien-aimée ; une compagnie céleste assiste à ta naissance ; jamais joie pareille n'avait fait tressaillir les cieux ; que le Saint-Esprit se repose en toi. Le ciel et la terre seront soumis à ta puissance ; les anges te serviront comme leur souveraine ; à toi sera le monde ; à toi l'humanité que tu vas guérir. »

Quelque temps après cette bienheureuse naissance, Anne et Joachim réunirent dans leur maison, pour un grand festin, les prêtres, les principaux du sénat et du peuple et toute leur famille. La Vierge fut présentée aux prêtres qui appelèrent sur son berceau les bénédictions du ciel.

« Dieu de nos pères, dirent-ils, bénissez cet enfant; donnez-lui un nom qui soit célèbre d'âge en âge. »

Et tous les convives répondirent : « Qu'il soit ainsi! qu'il soit ainsi! »

Anne, prenant alors sa fille dans ses bras, s'écria :

« Je chanterai un cantique de louange au Seigneur mon Dieu, parce qu'il m'a visitée pour me venger des reproches de mes ennemis.

» Le Seigneur Dieu m'a donné un fruit précieux de justice et de miséricorde. Qui dira au fils de Ruben que la vieille Anne est devenue mère? Tribus d'Israël, écoutez, entendez une merveille! Anne allaite un enfant! »

Tous prirent part à son allégresse. Les prêtres imposèrent à la fille de Joachim le nom qui lui avait été donné par l'ange au jour de la promesse; c'était Mirjam ou Marie, c'est-à-dire la maîtresse ou l'étoile de la mer.

La tradition ne nous rapporte plus rien de la vie d'Anne et de Joachim. Néanmoins elle nous apprend qu'ils moururent peu de temps après le mariage de leur fille bien aimée.

III

*Le corps de sainte Anne est transporté à l'église d'Apta Julia. —
Grâce à la prévoyance du bienheureux Auspice, il est préservé de
la dévastation des barbares. — Charlemagne, après avoir vaincu
les Sarrasins, assiste à la nouvelle consécration de la cathédrale
d'Apt. — La cérémonie est troublée par Jean de Caseneuve, qui
indique, en frappant sur les degrés du maître-autel, qu'on doit les
enlever pour savoir ce qu'ils cachent. — Par ordre de Charlemagne
des fouilles sont faites, et l'on découvre dans la crypte inférieure
le corps de l'aïeule du Christ. — Dévotion à sainte Anne.*

LE corps de sainte Anne, transporté par la barque
de Provence, de la chapelle sépulcrale de Notre-
Dame de Josaphat, où il reposait près de celui de saint
Joachim, fut remis, d'après une antique tradition, à
l'église d'Apta Julia.

Lors des persécutions, le bienheureux Auspice, premier évêque d'Apt, le cacha dans une sorte d'armoire
pratiquée dans le mur de la crypte la plus basse, qui
existe encore aujourd'hui. Il plaça devant les reliques
une lampe allumée qui ne s'éteignit qu'en 792, le jour
de leur découverte. Le saint évêque mura ensuite la
crypte, de manière à la rendre impénétrable. Les
confidents du secret moururent sans le révéler, et la

crypte resta inconnue pendant près de sept siècles. Les reliques de sainte Anne furent préservées, grâce à la prévoyance de saint Auspice, dans les irruptions des Alains, des Suèves, des Vandales et des Sarrasins!

Mais Charlemagne vainquit ces derniers barbares dans la plaine qui s'étend entre la montagne de Cordes et la colline de Montmajour. Après avoir pacifié la Provence, il se rendit à Apt, aux approches de la fête pascale.

Dès son arrivée, il s'empressa de faire consacrer de nouveau par Turpin, archevêque de Reims, l'église cathédrale qu'un culte impie avait souillée. Tandis que cette solennité avait lieu, le Seigneur découvrit, par un miracle éclatant et une faveur inespérée, les reliques de sainte Anne.

Jean de Caseneuve, âgé de quatorze ans, aveugle, sourd-muet de naissance, se trouvait dans le sanctuaire. Pendant quelque temps, ce jeune homme parut écouter un certain avertissement céleste. Puis il se mit à frapper sur les degrés du maître-autel, en indiquant par des signes qu'on devait enlever les degrés et creuser profondément le sol, afin que l'on sût ce qu'il y avait de caché. L'office divin était ainsi troublé; les gardes et les officiers ne purent faire taire Jean de Caseneuve; tous les assistants étaient étonnés, et Charlemagne dut donner des ordres pour qu'on se conformât aux vœux si vivement exprimés par le jeune aveugle.

On enleva sur-le-champ les marches de la montée indiquée et on découvrit aussitôt une porte fermée de grosses pierres. Les ouvriers enfoncèrent cette porte à coups de marteaux et l'on vit une entrée et une descente de degrés qui conduisait à une grotte souterraine artistement travaillée. C'était la crypte où le bienheureux Auspice, apôtre des Aptésiens, avait coutume de réunir le peuple qui lui était confié.

L'aveugle Jean marchait le premier, indiquant le chemin avec une telle sûreté, que Charlemagne fut obligé de le faire tenir près de lui pour qu'il ne fût pas foulé aux pieds des curieux. Le jeune homme faisait toujours comprendre du geste qu'il fallait creuser plus avant dans la terre, à la partie du mur qu'il avait signalée. On descendit enfin dans un souterrain long et étroit; mais là une lumière extraordinaire apparut soudain. Lorsque la crypte inférieure fut ouverte, cette lumière qui provenait d'une lampe ardente placée devant une sorte d'armoire murée, s'éteignit au contact de l'air.

Dans ce moment, Jean ayant tout-à-coup les oreilles et les yeux ouverts, et la langue déliée, s'écria: « Dans cette ouverture est le corps de sainte Anne, mère de la très-sainte Vierge Marie, mère de Dieu. »

Tous les assistants, remplis d'étonnement, poussèrent mille acclamations de joie. Charlemagne fit ouvrir la niche. Aussitôt une odeur semblable à celle du baume se répandit, et le dépôt sacré, attesté par un si grand miracle, apparut renfermé dans une caisse de cyprès, enveloppé d'un voile précieux et certifié par cette inscription: « Ici repose le corps de la bienheureuse Anne, mère de la Vierge Marie. »

Turpin prit la caisse et la mit entre les bras de Charlemagne, pour la lui faire baiser. Ensuite le pontife remercia Dieu d'avoir, par ce miracle, rendu à la vénération des fidèles de la ville d'Apt le corps de l'aïeule du Christ.

C'est de la ville d'Apt que proviennent toutes les reliques de sainte Anne.

Si grande que soit la dévotion de toute la chrétienté à la mère de celle qui devait enfanter l'Homme-Dieu, nous sommes assurés de la trouver plus grande encore dans cette province de Bretagne, dont elle est devenue la patronne et particulièrement dans ce sanctuaire qui a rendu fameux le nom de la petite ville d'Auray.

IV

LE bourg de Sainte-Anne d'Auray est situé dans la paroisse de Pluneret, à trois lieues de la ville de Vannes et à une lieue d'Auray. Il s'appelait primitivement, en langue bretonne, *Ker-Anna*, c'est-à-dire village d'Anne; ce nom rappelait l'ancienne dévotion qui lui avait donné naissance. Il y avait eu autrefois, au même endroit qu'aujourd'hui, une chapelle sous l'invocation de sainte Anne. Saint Mériadec, évêque de Vannes, l'avait fait bâtir vers l'an 600. Elle fut détruite en 699, lors des troubles qui ensanglantèrent le pays après la mort du saint roi Judicaël.

En 1622, il n'en restait plus que des débris informes, entièrement ensevelis dans la terre. De vagues souvenirs nourrissaient encore la piété des habitants.

Un phénomène remarquable contribuait à entretenir leur vénération pour ces ruines, qui se trouvaient au milieu d'un champ de blé appelé le *Bocenneu* ou *Bocennou*. Bien qu'on pût bêcher l'emplacement, jamais on n'avait réussi à y faire passer la charrue; et pourtant l'expérience avait été tentée souvent. Arrivés là, les bœufs reculaient effrayés; si l'on persistait à vouloir les faire passer, ils s'effarouchaient et finissaient par briser la charrue. Aussi lorsque quelqu'un allait labourer le Bocennou, avait-on soin de lui dire de prendre garde à l'endroit où étaient enfouis les restes de la chapelle.

Témoins de ces prodiges, les habitants pressentaient qu'une nouvelle chapelle s'élèverait bientôt en l'honneur de celle qu'avaient honoré leurs pères.

L'heure qu'avait choisie la Providence devait en effet bientôt sonner. Celui qu'Elle prit pour instrument de ses desseins avait nom Yves Nicolazic, humble laboureur du hameau de Keranna. Nicolazic avait alors quarante-trois ans. Dès son enfance, il avait contracté l'habitude de la vertu et il était resté fidèle aux premiers enseignements que lui avait donnés sa famille. Il s'était fait surtout remarquer par une grande dévotion pour sainte Anne et la sainte Vierge.

Vers le milieu d'une nuit, une clarté extraordinaire parut tout-à-coup dans sa maison; elle semblait provenir d'un cierge porté par une main isolée. Ce phénomène ne dura que deux ou trois minutes.

Le même prodige se renouvela six semaines après dans le champ du Bocennou.

Ne pouvant donner d'autres explications à ce qu'il voyait, Nicolazic s'imagina que sa mère implorait ainsi le secours de ses prières. Mais il put bientôt se désabuser. Un soir, son beau-frère et lui étaient allés, à l'insu l'un de l'autre, à la recherche de leurs bœufs, qu'ils avaient laissés dans les champs. Ils étaient forcés de passer tous les deux auprès d'une même source. Ils s'y rencontrèrent et, comme ils s'en approchaient ensemble, leurs bœufs reculèrent soudain de frayeur; il ne fut pas possible de les faire avancer. Ils firent quelques pas en avant pour découvrir ce que leur cachait le feuillage. Quelle ne fut pas leur surprise de voir devant eux, tournée vers la fontaine, une Dame, d'un aspect vénérable, revêtue d'une robe de fin lin, blanche comme la neige et environnée d'une douce clarté qui rayonnait sur tous les objets voisins. Effrayés, ils prirent d'abord la fuite; bientôt ils rougirent de leurs craintes et revinrent sur leurs pas, mais déjà il n'y avait plus traces de l'apparition.

Sainte Anne apparut ensuite souvent à Nicolazic. C'était tantôt auprès de la fontaine, tantôt dans sa demeure ou dans la grange, à côté des vieilles pierres que le père d'Yves avait autrefois tirées des ruines de la chapelle.

Lorsque Nicolazic revenait le soir du travail plus tard qu'à l'habitude, un cierge soutenu par un bras invisible s'avançait à ses côtés pour éclairer sa route. La flamme n'en était même pas agitée lorsque le vent faisait sentir son souffle.

En outre, il lui arriva deux fois d'entendre de déli-

cieux accords s'élever du fond des ruines de la chapelle, et une clarté extraordinaire en sortait en même
temps et rayonnait jusqu'au village.

Vivement frappé de ces événements, dont il ne pouvait comprendre le motif, et redoutant des illusions,
il résolut de demander conseils à une personne pru-
dente et vertueuse. Nicolazic se rendit à Auray, chez
les religieux de Saint-François; il s'adressa à l'un d'eux,
le P. Modeste.

La conduite et la candeur du bon villageois rassu-
rèrent le P. Modeste sur sa bonne foi, et il lui recommanda de remplir avec plus de ferveur que jamais tous
ses devoirs, de faire célébrer quelques messes et d'aller
demander à Dieu la connaissance de ses desseins dans
l'église du Saint-Esprit et dans celle de Notre-Dame
de Nazareth. Nicolazic obéit et ses prières furent
exaucées.

Dans la soirée du 25 juillet 1624, la veille de la fête
de sainte Anne, Nicolazic revenait d'Auray en récitant
son chapelet. Arrivé près de la croix qu'on appelle depuis la *Croix de Nicolazic,* il aperçut sainte Anne
portée sur un nuage et tenant en main un flambeau.
Nicolazic continua sa route, et l'aïeule de Jésus-Christ
le suivit en l'éclairant jusqu'à sa demeure, où elle disparut.

Profondément préoccupé de cette apparition, Nicolazic ne put manger; il se retira dans sa grange,
afin de pouvoir s'y livrer plus librement à ses réflexions. Etendu sur la paille, il priait lorsque, vers
onze heures, un bruit singulier se fit entendre. Il lui

2*

sembla reconnaître les pas d'une foule empressée et le murmure confus de voix nombreuses. Il sortit aussitôt et fut tout surpris de ne trouver personne. Il rentra alors et reprit ses prières. Mais la grange fut subitement éclairée et une voix lui demanda s'il n'avait jamais ouï dire qu'une chapelle avait autrefois existé dans le Bocennou. Avant qu'il ait pu répondre, une Dame apparut toute resplendissante de lumière, qui lui dit dans la langue du pays :

— Yves Nicolazic, ne craignez point; je suis Anne, mère de Marie. Dites à votre recteur que, dans cette pièce de terre que vous appelez le Bocennou, il y a eu, même avant qu'il y existât de village, une chapelle dédiée en mon nom. C'était la première qu'on eût bâtie en Bretagne en mon honneur. Il y a 924 ans et 6 mois qu'elle a été ruinée; je désire qu'elle soit rebâtie et que vous preniez ce soin, parce que Dieu veut que j'y sois honorée.

Après lui avoir ainsi parlé, sainte Anne disparut.

V

Sainte Anne apparaît encore à Nicolazic et le blâme de son découragement. — Le bon laboureur se rend chez son recteur, qui le traite d'extravagant. — Sainte Anne l'invite à y aller de nouveau.

NICOLAZIC, qui s'était d'abord livré à la joie de pouvoir restaurer le culte de sainte Anne, se laissa bientôt aller au découragement lorsqu'il réfléchit à tant de difficultés qu'il aurait à surmonter. Il craignit de passer pour un imposteur ou un visionnaire. Ces craintes l'emportèrent tellement sur toute autre considération, que six semaines s'écoulèrent avant qu'il se fût décidé à aller voir son recteur.

Sainte Anne eut pitié de sa faiblesse; elle lui apparut de nouveau et lui dit d'une voix sévère qu'il ne devait plus hésiter à remplir la mission qu'elle lui avait confiée. Elle disparut en le menaçant de son indignation s'il refusait d'obéir.

Nicolazic, effrayé, partit dès le lendemain matin pour le presbytère. Il raconta à son recteur, avec simplicité, tout ce qui lui était arrivé depuis deux ans.

Don Sylvestre Roduëz, recteur de Pluneret, qui était loin d'être crédule, traita d'extravagant l'infortuné Nicolazic.

Nicolazic se retira consterné, et pourtant il devait rencontrer encore bien des obstacles avant de parvenir au terme de sa mission. Sainte Anne lui apparut la nuit suivante pour le consoler. Elle lui reprocha son peu de confiance et l'encouragea à se montrer plus ferme et plus constant dans la poursuite de l'œuvre dont il avait la charge.

Cette nouvelle apparition ne put décider Nicolazic à renouveler ses démarches. Ses hésitations durèrent sept semaines.

Sainte Anne lui apparut encore une fois; elle se montra pleine d'indulgence, l'assura qu'il n'avait rien à craindre, et que, bientôt, il verrait la réalisation de la promesse qu'elle lui avait faite. Nicolazic, enhardi par sa bonté, s'écria naïvement:

— Mais, bon Dieu, ma bonne Maîtresse, comment pourrai-je être cru, quand je dirai qu'il y aura eu une chapelle en un lieu où je n'en ai jamais vu et où il n'en reste pas même des marques? Et puis, qui, sur ma prière, voudra faire les frais de la nouvelle chapelle?

— Ne vous en mettez pas en peine, répondit la Sainte; faites tout ce que je vous dis. Vous avez suffisamment pour commencer, et je trouverai non-seulement ce qu'il faudra pour finir, mais pour faire encore bien d'autres choses, au grand étonnement de tout le monde.

Encouragé par les promesses de sainte Anne, Nicolazic revint chez son recteur. Don Roduëz ne voulut rien entendre. Le pauvre laboureur ne fut pas plus heureux auprès de don Jean Thominec, le premier vicaire. Cette double humiliation ne le rebuta point. Il était convaincu que celle qui lui avait fait des promesses si formelles, saurait bien les réaliser.

Il était du reste confirmé dans cette conviction par des prodiges qui se renouvelaient chaque jour. Il voyait descendre sur le Bocennou tantôt comme une pluie de brillantes étoiles, tantôt comme des faisceaux de flambeaux ardents. Souvent il s'y trouvait transporté de sa maison, et il y entendait des accords si ravissants qu'il pouvait se croire au milieu des anges.

Le premier lundi de mars 1625, dans la soirée, il vit de loin le Bocennou en feu et fut tout-à-coup environné de lumière. Il entendit de nouveau les pas d'une foule qui semblait arriver et se presser impatiente autour du lieu saint. En même temps des concerts si harmonieux sortirent des vieilles ruines de la chapelle, qu'ils donnèrent à Nicolazic un avant-goût des joies célestes.

De retour dans sa demeure, il fut étonné de trouver ses domestiques couchés et sa sœur ennuyée de l'attendre. Il croyait ne s'être arrêté que demi-heure, et il avait passé trois heures dans une douce extase.

Sainte Anne, dans une nouvelle apparition, lui intima l'ordre de se rendre encore une fois chez son recteur, ajoutant que des signes infaillibles attesteraient bientôt la véracité de ce qu'il avait vu et entendu. Lé principal signe devait être une lumière qui lui ferait découvrir la statue autrefois vénérée au Bocennou.

VI

*Le recteur et son vicaire blâment vivement Nicolazic. — Sa rencontre
avec le seigneur de Kermadio. — Sainte Anne ordonne à Nicolazic
de commencer la construction de la chapelle. — Il se rend chez les
Capucins d'Auray. — A son retour, dans la nuit, sainte Anne lui
ordonne d'aller au Bocennou. — Il y court, suivi par des témoins.
— Un flambeau, élevé à trois pieds de terre, les guide dans leur
marche et leur indique l'endroit où ils doivent creuser. — Découverte de la statue.*

NICOLAZIC, accompagné de Lézulit, un de ses
voisins, qui avait toute sa confiance, se rendit chez son
recteur. Il lui raconta les nouvelles apparitions dont
sainte Anne l'avait favorisé, et lui fit part de ce qu'il
était chargé de lui dire. Don Roduëz le reçut encore
plus mal que la première fois. Il le blâma vivement de
s'arrêter à des imaginations ridicules, lui qui, disait-il,
avait été jusqu'alors considéré comme un homme sage
et intelligent. Il ajouta que des révélations de cette
nature ne se faisaient qu'à de pieux ecclésiastiques ou
à des séculiers renommés pour leurs vertus et leur savoir. Il finit par lui déclarer que, s'il ne renonçait pas
à ses hallucinations, il lui interdirait l'entrée de l'église
et l'usage des sacrements, et, en cas de mort, la sépulture religieuse.

Nicolazic s'en retournait bien triste, avec son ami, lorsqu'il rencontra M. de Kermadio. Ce seigneur, qui le connaissait, le tenait en haute estime. S'apercevant de l'altération de ses traits, il voulut en savoir les motifs. Nicolazic s'empressa de l'instruire des révélations qu'il avait eues et des démarches inutiles qu'il venait de faire. M. de Kermadio, sans se prononcer sur le fond, lui donna quelques conseils et le quitta après l'avoir rassuré et encouragé.

Quelques jours après, Nicolazic alla trouver M. de Kermadio, avec un prêtre vénérable, don Yves Richard, qui était son voisin et son ami. Il lui fit le récit le plus circonstancié des prodiges et des apparitions dont il était depuis si longtemps le témoin; il lui révéla toute la confiance qu'il conservait, malgré les obstacles qui paraissaient insurmontables. M. de Kermadio lui conseilla de consulter les PP. Capucins d'Auray et de prier Dieu pour qu'il lui fît connaître sa volonté. Il lui recommanda surtout de se faire accompagner par des personnes honorables lorsqu'il apercevrait les signes que sainte Anne lui avait promis.

Nicolazic était déjà consolé par les conseils de M. de Kermadio, lorsque sainte Anne lui apparut de nouveau et lui ordonna de commencer lui-même la construction de la chapelle, tout en lui assurant que rien ne lui manquerait. Il répondit avec une simplicité pleine de respect:

— Faites donc, ma bonne Maîtresse, quelque miracle qui fasse voir à mon recteur et aux autres que vous voulez effectivement qu'on y travaille.

— Tranquillisez-vous, reprit sainte Anne, confiez-vous en Dieu et en moi : vous verrez bientôt une foule de miracles et l'affluence de peuple qui viendra m'honorer en ce lieu ne sera pas le moins grand.

Sainte Anne disparut, à ces mots, laissant Nicolazic dans la joie. Dès-lors il ne pensa plus qu'à la construction de la chapelle ; il était disposé à y dépenser même sa modeste fortune. Mais sainte Anne se contenta de sa bonne volonté.

Le sept mars, Nicolazic vit, en se réveillant, la main accoutumée tenant un flambeau sur sa table. La vision avait déjà cessé, lorsque Guillemette Le Roux, sa femme, s'en approcha. Sa surprise fut grande d'y trouver douze quarts d'écu. Quelques-unes de ces pièces portaient le millésime de l'année 1623 ; d'autres, des dates moins nouvelles. Ils ne voulurent toucher à cet argent que lorsqu'ils l'eurent fait voir à l'ami Lézulit, qui, lui aussi, considéra ce prodige comme un témoignage de la volonté divine. Ils mirent ces pièces dans un mouchoir et partirent pour le presbytère. Le recteur était absent, et don Thominec s'offrit pour les accompagner avec un de ses confrères chez les Capucins d'Auray. En passant dans les rues de cette ville, ils durent s'arrêter chez M. de Kerloguen, propriétaire du champ du Bocennou, dont Nicolazic était le fermier. Le bon laboureur fut reçu avec bienveillance, et M. de Kerloguen lui promit de donner l'emplacement de la chapelle, dans le cas où elle se bâtirait. On se rendit ensuite chez les Capucins. Les Pères interrogèrent Nicolazic durant deux heures, ce qui le fatigua tellement que la parole vint à lui manquer. Ils décidèrent que l'on ne devait pas multiplier davantage les chapelles à la campagne, parce que trop souvent les ressources faisaient défaut pour réparer les injures du temps.

Nicolazic revint à Keranna les larmes aux yeux. Néanmoins, malgré ce désappointement, car il avait beaucoup compté sur les Capucins, il ne perdit pas confiance. Il dit même à Lézulit, avant de se séparer de lui, que sainte Anne tiendrait bientôt sa promesse, et qu'il irait le chercher pour le rendre témoin du prodige.

Nicolazic venait de se coucher quand il aperçut tout-à-coup le mystérieux flambeau. Sainte Anne parut aussitôt, lui ordonnant de se rendre à l'endroit du Bocennou que lui indiquerait cette lumière. Elle ajouta qu'il y trouverait la statue promise.

Nicolazic se leva tout heureux ; à mesure qu'il s'approchait de la porte pour sortir, le flambeau s'avançait vers la fenêtre. Il alla tout droit au Bocennou à la lueur de cette clarté. A peine fut-il rentré dans le champ qu'il se souvint du conseil qu'on lui avait donné de prendre des témoins. Il retourna sur ses pas, mais le flambleau s'arrêta auprès de la grange. Il prit, en passant, son beau-frère Louis Le Roux, qui veillait encore, et tous deux allèrent chercher Julien Lézulit, Jean Tangui et Jacques Lucas. François Le Bloërec, dit Colas, se joignit à eux quelques instants plus tard.

Nicolazic, qui marchait en avant, poussa un cri de joie en apercevant le flambeau près de la grange. Il le

3

fit voir à son beau-frère Le Roux, qui le suivait de près, et attendit ses autres compagnons pour le leur montrer. Mais Julien Lézulit put seul l'apercevoir ; les deux autres furent privés de cette faveur. Ils avouèrent plus tard à Nicolazic que leur négligence à remplir leurs devoirs religieux les en avait rendus indignes.

Le flambeau, élevé à trois pieds de terre, quitta son immobilité pour les guider dans leur marche ; il les précédait d'environ trente pas. Arrivé au lieu du Bocennou, où reposait ignorée la statue de sainte Anne, il s'arrêta ; puis s'élevant et s'abaissant par trois fois, il sembla disparaître dans la terre.

A l'endroit ainsi désigné par le flambeau, couvert de seigle, comme le reste du champ, Le Roux donna quatre ou cinq coups de tranche et annonça aussitôt qu'il avait rencontré du bois. C'était évidemment la statue qu'ils cherchaient. Mais avant de continuer leurs recherches, saisis de respect, ils voulurent allumer un cierge bénit avec un tison qu'ils avaient eu soin d'apporter. Ils trouvèrent la statue couverte de terre et tellement défigurée qu'ils ne purent sur l'heure dire ce que c'était. Ils la déposèrent sur le gazon, au bord d'un fossé, et se retirèrent chacun chez soi.

Dès le lendemain matin, ils revinrent la voir avec leurs voisins. Ils purent constater que c'était bien la statue de sainte Anne : elle conservait encore des traces de couleur et quelques traits. Alors Nicolazic et ses compagnons se prosternèrent et invoquèrent avec confiance la sainte qui venait de se révéler à eux.

VII

NICOLAZIC se rendit sur-le-champ avec son beau-frère chez son curé. Il lui raconta ce qui venait de se passer, lui montra des pièces d'argent qu'il avait trouvées avec la statue, et le supplia de favoriser le rétablissement de la chapelle. Le recteur s'indigna de ce qu'il ne se soumettait pas à sa décision, et finit par lui dire qu'il était un impie s'il avait imaginé des miracles pour se donner du crédit, ou un homme bien simple s'il attachait tant d'importance à la découverte de pièces d'argent et d'un morceau de bois. Don Thominec, qui était présent, ajouta que des fous ou des sots pouvaient seuls croire à de telles impostures.

Nicolazic sortit sans répliquer, partit pour Auray et alla trouver M. de Kerloguen, son seigneur. Ce dernier, apprenant le résultat de son entrevue avec le recteur, manda deux Capucins. Ces religieux, après avoir de nouveau interrogé Nicolazic, persistèrent dans leur premier avis.

La fidélité de ce bon laboureur devait encore être mise à l'épreuve. Le lendemain de son arrivée à Keranna, il allait, en compagnie de son voisin Jacques Le Pélicard, au Bocennou, pour revoir la statue, tout en remarquant la foule nombreuse qui s'y rendait aussi, lorsqu'un cri d'alarme se fit entendre de sa demeure. Il s'empressa d'accourir : sa grange était en feu. La paille qui la recouvrait fut bientôt consumée, malgré les efforts faits pour éteindre l'incendie. Les pierres elles-mêmes furent calcinées, et, chose étonnante, les objets que la grange contenait et deux monceaux de gerbes de seigle qui se trouvaient auprès, ne furent même pas atteints, bien que le vent portât les flammes de ce côté.

Chacun parlait diversement de cet accident, dont on ignorait la cause, quand Louis Le Pan et Mathieu Guillas, ainsi que d'autres personnes, attestèrent qu'ils avaient vu, par un temps serein, le feu du ciel tomber sur Keranna. Et c'est ce feu qui avait déterminé l'incendie.

Il n'en fallait pas davantage pour réjouir ceux qui étaient hostiles aux desseins de l'humble serviteur de sainte Anne. On considérait ce malheur comme un châtiment céleste. Nicolazic écoutait avec patience tous les reproches qui lui étaient adressés. Il comprenait, lui, que le Ciel qui avait fait un prodige pour conserver le seigle, avait simplement voulu condamner l'emploi pour des usages profanes des pierres de l'an-

cienne chapelle. On sait que la grange avait été cons-
truite en partie avec des matériaux tirés des ruines du
Bocennou.

Mais Nicolazic fut bientôt consolé de tant d'épreuves.
Deux jours après, dans la soirée, la statue de sainte
Anne lui apparut ainsi qu'à quelques personnes du
voisinage. Elle était environnée d'une brillante lumière
dont la clarté se répandait sur la partie du Bocennou
que devaient plus tard occuper le couvent et la chapelle. Il entendit en même temps des bruits de pas et il
lui sembla qu'une grande foule était accourue pour
vénérer sainte Anne. Ce n'était qu'un présage. Le lendemain, à la même heure et au même endroit, arrivaient de toutes parts de nombreux pèlerins. Plusieurs
venaient des points les plus éloignés de la Bretagne;
on ne pouvait comprendre comment la nouvelle de
l'heureuse découverte avait pu leur parvenir aussitôt.
Ils s'agenouillaient autour de la statue et, en se reti-
rant, jetaient quelque aumône sur le gazon.

Jean Le Bloënnec alla chez lui chercher un escabeau
et un plat d'étain pour recevoir les offrandes.

Mais le recteur fut averti de ce qui se passait. Il envoya sur-le-champ don Thominec pour s'opposer à
cette manifestation religieuse. Arrivé au Bocennou,
don Thominec renversa la statue, jeta par terre d'un
coup de pied le plat et l'escabeau, et s'indigna contre
Nicolazic. Puis, s'adressant à la foule, il lui reprocha
d'ajouter foi à ce qu'on lui avait dit des révélations de
Nicolazic, qu'il considérait comme de pures rêveries
ou des impostures, et il l'invita à s'éloigner. Quant

3*

aux habitants de la paroisse, il leur ordonna de regagner leurs champs, sous peine du refus d'absolution à la prochaine fête de Pâques. Les habitants de Keranna durent donc faire taire leur dévotion pour celle qu'avaient tant aimé leurs pères, mais cela n'empêcha pas les peuples voisins d'accourir en foule. Nicolazic se soumit, mais il eut soin de recueillir les aumônes jetées à terre, qu'il se proposait d'employer à la construction de la chapelle.

VIII

Mgr de Rosmadeuc fait faire une enquête. — Nicolazic est mandé chez l'évêque, qui l'interroge. — Ses réponses sont bien accueillies. — Nicolazic est envoyé chez les Capucins de Calmont-Haut. — Après l'avoir longtemps questionné, ces religieux déclarent qu'il n'y a plus à douter de la volonté divine.

SÉBASTIEN du Plessis de Rosmadeuc venait d'être nommé, par le pape Urbain VIII, évêque de Vannes. Il était à peine sacré depuis un mois quand il fit choix de don Jacques Bullion, bachelier de Sorbonne, recteur de Moréac, et plus tard promoteur du diocèse, pour procéder à une enquête sur les apparitions de Keranna. Le commissaire de l'évêque arriva le lendemain de la triste scène que nous avons rapportée. En voyant un tel concours de peuple aux ruines de la chapelle, il résolut de se hâter. Ce jour même, 12 mars 1623, Nicolazic fut mandé chez le recteur et interrogé en présence de tous les prêtres de la paroisse. Ses dépositions furent consignées dans un procès-verbal. Don Bullion partit ensuite immédiatement pour Vannes. Il présenta à Mgr de Rosmadeuc les déclarations de Nicolazic, et l'informa du nombreux concours de pèlerins et de l'opiniâtre opposition du recteur de

Pluneret. L'évêque, frappé de ce qui lui était raconté, voulut voir lui-même l'humble serviteur de sainte Anne. Il le reçut au château de Kerguehenec, chez son beau-frère, M. de Kermeno du Garo, ancien conseiller du Parlement. Nicolazic répondit avec tant de calme et de sincérité aux questions du pieux prélat et à celles plus captieuses de son beau-frère, qu'on ne put mettre en doute la véracité des apparitions de sainte Anne.

Nicolazic s'en retourna tout heureux de l'accueil qu'on lui avait fait. Il en parla à son recteur et lui déclara, en outre, sur l'ordre de Mgr de Rosmadeuc, qu'il devait se rendre dans quelques jours avec lui à l'évêché de Vannes. Le recteur craignait les reproches de son évêque, et il trouva un prétexte pour ne pas s'y rendre.

Nicolazic fut à l'évêché au jour désigné. Il y avait avec Mgr de Rosmadeuc le R. P. Charles Borromée de Lamballe, gardien des Capucins de Vannes, qui l'interrogea sur ses déclarations. Les réponses du bon laboureur, en faisant ressortir sa candeur et l'éclat de la vérité, réjouirent le cœur de l'évêque.

Néanmoins Nicolazic dut, par ordre de celui-ci, aller passer quelques jours au couvent des Capucins de Calmont-Haut. Il fut questionné et examiné par chaque religieux. On le fit approcher des sacrements et on l'ajourna ensuite à une quinzaine, afin que l'on pût réfléchir encore et prier Dieu. Ces quinze jours écoulés, Nicolazic fut interrogé de nouveau, et ne se contredit pas. Les religieux déclarèrent enfin à Mgr de Rosmadeuc qu'il n'y avait plus à douter de la volonté divine au sujet de l'érection au Bocennou d'une chapelle en l'honneur de sainte Anne.

Mais, avant de rien décider, l'évêque envoya à Keranna les RR. CC. Ambroise de Brest et Gilles de Monay, pour savoir ce qui s'y passait.

IX

Tandis que ces informations se poursuivaient, les pèlerins devenaient chaque jour plus nombreux. Ils demeuraient prosternés autour de la statue durant des heures entières, malgré la rigueur de la température et quelquefois même sous une pluie torrentielle.

Le P. Ambroise proposa d'élever une cabane de feuillage, en attendant qu'on pût bâtir la chapelle, et cette proposition fut acceptée. Nicolazic apporta un de ces larges coffres dont on se sert à la campagne, le couvrit d'un linge blanc et en fit un autel où fut placée la statue, enveloppée d'un voile.

Quelques-uns raillaient encore cet empressement de la multitude à vénérer un informe morceau de bois. Mais des châtiments vinrent bientôt arrêter leurs murmures.

Don Thominec, qui avait renversé la statue de sainte Anne, fut le premier frappé, mais le recteur le fut presque en même temps que lui. Deux jours après cet outrage fait à la statue, don Thominec ressentit à un bras une douleur violente, dont il ne devait pas être délivré avant sa mort, qui arriva trois ans plus tard, mort édifiante, car le vicaire, avant de rendre le dernier soupir, reconnut sa faute.

L'épreuve du recteur suivit de trois semaines l'outrage fait à la statue. Une nuit, le pauvre ecclésiastique fut si maltraité de coups que, se croyant entre les mains de voleurs, il appela au secours. Les voisins accoururent aussitôt, mais ils ne purent trouver personne. Pourtant la violence des coups avait enlevé au recteur l'usage de ses bras. Néanmoins don Roduëz continuait à se montrer hostile au pèlerinage. Un de ses amis lui fit comprendre que son mal pouvait être un châtiment de Dieu, et qu'il ferait bien de recourir à la miséricorde de sainte Anne en lui faisant une neuvaine. Il fut assez sage pour écouter ce conseil, et, pendant neuf nuits, il se rendit au modeste oratoire. Il se lava, la neuvième nuit, les mains et les bras à la fontaine, et aussitôt il se sentit à la fois guĕri de son mal et affranchi de tout respect humain. Le lendemain, il était à genoux, vénérant publiquement la statue de sainte Anne. En présence d'une foule nombreuse de pèlerins, il demanda pardon à Nicolazic d'avoir dédaigné ses déclarations, et il dit le bonheur qu'il aurait de célébrer la première messe en ce saint lieu. Plus tard, en signe de réconciliation sincère, il voulut être le parrain de l'enfant que Nicolazic avait eu de sa femme, après quinze années de mariage.

Marc Ardeven, demeurant à Boterf, près Keranna,

fut aussi châtié pour avoir raillé les pèlerins. Il disait à Nicolazic, dans l'intention de lui faire de la peine, qu'il ne croirait jamais que le morceau de bois vénéré avait été une statue de sainte Anne. A peine eut-il dit cela, qu'il fut atteint d'une maladie mortelle, dont il ne guérit qu'en implorant celle qui voulait désormais être honorée à Keranna.

Mentionnons encore un quatrième châtiment. Un jour M. de Couëtmenez, alors alloué de Pluvigner, et plus tard sénéchal de Baud, traversant à cheval les landes, rencontra de nombreux pèlerins. Il se mit à les injurier, leur reprochant de quitter les champs pour courir après les rêveries d'un pauvre idiot. Il parlait encore, lorsqu'un éclair illumina un ciel sans nuages et un coup de tonnerre retentit avec fracas. Un trait de feu tomba à ses pieds; le cheval se cabra et jeta par terre ce gentilhomme incrédule. M. de Couëtmenez se releva sans blessure. Il allait de nouveau dissuader ces braves gens d'aller au Bocennou et recommencer ses invectives, quand la foudre le renversa une seconde fois aux pieds de son cheval. Reconnaissant enfin sa faute, il se mêla aux pèlerins et voulut lui aussi vénérer la statue de sainte Anne.

X

Pose de la première pierre de la chapelle. — Le service du pèlerinage est confié aux Carmes. — Construction de la chapelle. — Des miracles sont opérés par l'intercession de sainte Anne. — Anne d'Autriche fait faire des neuvaines pour la naissance d'un Dauphin et écrit aux Carmes pour les assurer de sa protection. — Sur la prière d'Anne d'Autriche et de Louis XIII, le pape Urbain VIII accorde trois indulgences plénières aux pèlerins. — Louis XIII envoie au pèlerinage une insigne relique de sainte Anne. — Mort de Nicolazic.

LES pèlerins désiraient ardemment que l'on se mît de suite à construire la chapelle. Mgr de Rosmadeuc craignit d'abord que l'entretien ne pût en être assuré par suite du défaut de ressources. Mais lorsqu'il apprit par ses commissaires que M. Cadio de Kerloguen s'engageait à fournir une rente de quinze livres et que les offrandes recueillies par Nicolazic s'élevaient à dix-huit cents écus, il s'empressa de répondre au vœu de la Bretagne, et la pose de la première pierre eut lieu le 25 juillet, au milieu d'un concours immense de pèlerins. Le recteur de Pluneret, don Roduëz, qui, dès l'abord, s'était montré si hostile au pèlerinage, eut le

4

bonheur de dire la première messe qui fut célébrée en ce saint lieu, où un autel provisoire avait été dressé.

Tandis que les murs de la chapelle s'élevaient, Mgr de Rosmadeuc songeait aux moyens d'assurer le service du pèlerinage. Il s'adressa aux Carmes, toujours appelés par les Souverains Pontifes les frères de Marie, et il offrit à l'un d'eux, le P. Thibaut, la fondation de Sainte-Anne.

Ce vénérable religieux prit aussitôt possession de ces lieux aimés de l'aïeule du Christ et y appela une colonie du couvent d'Hennebont. Les Carmes s'installèrent d'abord au château de Quenven, chez Mme du Rohello, et plus tard dans la maison de Nicolazic, en attendant la construction de leur couvent. Les travaux de la chapelle se terminèrent sous l'habile direction du P. Benjamin de Saint-Pierre.

Des miracles s'opéraient par l'intercession de sainte Anne et attiraient en son sanctuaire une foule de pèlerins pendant la belle saison et surtout les jours de fête. On y célébrait particulièrement les fêtes de saint Louis et de saint Michel, protecteurs de la France, toutes celles de la Très-Sainte Vierge, et plus spécialement celles de la Pentecôte et de sainte Anne. On a vu plus de quatre-vingt mille pèlerins assister à ces dernières fêtes.

Anne d'Autriche, Reine de France, fut bientôt informée de ce qui se passait à Sainte-Anne d'Auray, et en 1628 elle écrivit à Mgr de Rosmadeuc pour lui témoigner son contentement de ce qu'il avait fait choix pour desservir ce saint lieu des religieux réformés du Mont-

Carmel, qu'elle affectionnait pour leur piété. Elle lui demanda en même temps des prières publiques pour la naissance d'un Dauphin.

L'année suivante, elle fit faire en ce pèlerinage une neuvaine en son nom par la présidente de Mesme. Et lorsque plus tard, elle eut vu cesser une stérilité de vingt-deux années, elle y envoya, dès les premiers moments, le 26 juillet 1638, l'enseigne de Boislouët pour obtenir à la France un Dauphin, par l'intercession de sainte Anne.

C'est alors que les Carmes lui firent offrir un recueil des miracles les plus authentiques. Ils reçurent de la Reine la réponse suivante :

« RÉVÉRENDS PÈRES,

» Les tableaux et le livre des miracles qu'il a plu à Dieu de faire par l'intercession de sainte Anne, en sa chapelle, près Auray, nous ont été si agréables que nous vous l'avons bien voulu témoigner, et dire qu'ayant toujours eu une singulière dévotion pour cette sainte, du nom de laquelle nous sommes honorée, nous prendrons aussi à contentement de protéger et favoriser le lieu où elle est particulièrement révérée, et que nous nous emploierons volontiers vers Notre Saint-Père, afin qu'il lui plaise accorder des indulgences aux personnes qui, à certains jours, visiteront votre église, pour y continuer leurs prières pour la santé et la prospérité du Roi, notre très-honoré seigneur et époux. Ce que nous assurant que vous

ferez de très-bon cœur, nous supplions la divine bonté
de vous avoir, Révérends Pères, en sa sainte garde.

» Ecrit à Saint-Germain-en-Laye, le 9 août 1638.

» ANNE. »

Anne d'Autriche faisait en même temps demander
au Souverain Pontife, par le général des Carmes, des
indulgences pour une confrérie qu'elle voulait instituer
en l'honneur de sa Patronne.

Cette demande fut renouvelée, au nom du Roi, par
le maréchal d'Estrées, son ambassadeur extraordinaire
à Rome. Le pape Urbain VIII, par une bulle datée du
12 septembre 1638, accorda à perpétuité trois indulgences plénières pour le jour de l'admission dans la
confrérie, le jour de la fête de sainte Anne et l'heure
de la mort.

Cette bulle d'Urbain VIII fut confirmée, en 1747,
par Benoit XIV, et plus tard, par Clément XIV, qui
enrichirent la confrérie de nouveaux priviléges.

Le 5 septembre 1638, Anne d'Autriche donnait au
Roi et à la France celui qui devait être Louis XIV.
Pour remercier sainte Anne d'une telle faveur, le Roi
voulut faire don à son pèlerinage de Bretagne d'une
insigne relique que possédait la chapelle royale. Authen-
tiquée par Simon, patriarche de Constantinople, en
1232, elle avait été apportée d'Orient. Cette relique
de sainte Anne était enchâssée dans un cristal de roche
garni en argent. En la faisant remettre à l'Evêque de
Vannes, le 1er juillet 1639, Louis XIII lui adressa en
même temps la lettre suivante :

« MONSIEUR L'EVÊQUE DE VANNES,

» La vie et les actions des Pères Carmes réformés étant si exemplaires que tous les lieux où ils sont en reçoivent beaucoup d'édification, j'ai été bien aise d'apprendre que vous les avez établis dans l'église de Sainte-Anne, près Auray, dont je vous sais d'autant plus gré, que j'ai toujours eu une dévotion particulière à cette grande sainte, à l'intercession de laquelle j'attribue beaucoup de grâces et assistances que j'ai reçues de Dieu. En reconnaissance de quoi, j'ai dédié une notable relique de cette même sainte à ladite église de Sainte-Anne, près Auray, afin que ce soit un gage perpétuel et une marque de mon affection. Je me promets de votre piété, qu'en secondant mes bonnes intentions, vous ferez recevoir cette relique avec la décence requise à laquelle il me semble convenir que vous fassiez célébrer les prières des quarante heures. Sur ce, je prie Dieu, etc.

» Ecrit à Saint-Germain-en-Laye, ce 12e jour d'avril 1639.

» LOUIS. »

Revenons à Nicolazic. Quand il eut accompli sa mission, il s'empressa de se retirer dans une petite métairie qu'il possédait à Pluneret, afin de se soustraire à la pieuse curiosité des pèlerins et aux marques de considération dont il était l'objet. Là il vivait dans le travail et la prière. Néanmoins, il allait de temps en temps visiter sa bonne maîtresse. Les Carmes, qui le considéraient comme un des leurs, lui avaient réservé une cellule.

4*

Bientôt Nicolazic fut atteint, à Pluneret, d'une maladie dangereuse. Les religieux le firent immédiatement transporter dans leur infirmerie. Malgré les soins fraternels dont il était entouré, le bon laboureur se vit, après cinq jours, réduit à la dernière extrémité. Il acceptait la mort avec résignation, s'écriant au milieu de ses vives souffrances : *Mon Dieu, que votre volonté soit faite.* Après avoir reçu les derniers sacrements avec la plus grande piété, il parut entrer en agonie. On croyait qu'il allait rendre le dernier soupir, quand son visage, déjà glacé par la mort, rayonna d'une douce joie. Ses yeux étaient fixés devant son lit ; son confesseur lui ayant demandé ce qu'il regardait : *Voici la sainte Vierge,* répondit-il, *et Madame sainte Anne, ma bonne Maîtresse.*

Le religieux qui l'assistait, obéissant à une inspiration céleste, courut aussitôt à la chapelle et en rapporta la statue miraculeuse. Il la présenta à Nicolazic en lui disant :

— Au moment de paraître devant Dieu, confirmez-vous tout ce que vous avez tant de fois déclaré ?

— Oui, répondit l'humble laboureur.

— Et maintenant, avez-vous pour sainte Anne la confiance que vous lui avez toujours témoignée ? N'êtes-vous pas heureux de mourir aux pieds de sa statue, en reconnaissance des grâces que vous avez reçues d'elle pendant la vie ?

— Oui, répondit-il encore.

Et, sur l'invitation que lui en fit son confesseur, il baisa avec amour les pieds de la sainte, en témoignage de sa confiance, et au même instant il remit son âme entre les mains du Seigneur. C'était le 13 mai 1645, vers midi. Nicolazic était âgé de 63 ans. Il fut enseveli avec les plus grands honneurs dans la chapelle de celle qu'il avait tant aimée. Il laissait un fils, qui fut élevé par les Carmes et reçut plus tard les ordres sacrés.

XI

Depuis cent soixante ans environ les Carmes assuraient avec zèle le service du pèlerinage, quand la tourmente révolutionnaire vint les arracher à leur sainte mission. Tous, à l'exception d'un seul, refusèrent de prêter le serment schismatique. Ils durent chercher dans l'exil ou dans l'obscurité un refuge contre l'acharnement de leurs ennemis.

La chapelle et le couvent devinrent la propriété de gens honnêtes et furent ainsi préservés de la dévastation. Mais les richesses du pèlerinage furent pillées. La statue si vénérée de sainte Anne fut d'abord sauvée par de braves habitants d'Auray, qui réussirent à la cacher plus d'un an. Ils furent forcés de la livrer au dépôt des objets d'église, et les révolutionnaires s'empressèrent de la faire brûler sur un bûcher à Vannes. Un morceau de la tête put être enlevé aux flammes; on le voit encore aujourd'hui sous le piédestal de la nouvelle statue que l'on vénère à la chapelle de Sainte-Anne.

Les plus mauvais temps de la Terreur n'ont pu empê-
cher les Bretons d'aller, aux pieds de leur Patronne,
chercher la résignation et le courage. Ils s'y rendaient
par des nuits sombres en groupes isolés.

Mais bientôt la chute de la Convention fit renaître la
France à l'espérance, et les pèlerins osèrent se montrer
en plein jour. De toutes les paroisses voisines, ils
venaient à Sainte-Anne, chaque dimanche, pour chanter
les vêpres. En 1801, Msr de Pancemont désigna deux
chapelains pour le service du pèlerinage. En 1815, la
chapelle et le couvent furent achetés, au nom de
Msr de Bausset, par les soins de M. Deshayes, curé
d'Auray, grâce à la générosité de M. Barré, un de ses
paroissiens.

L'évêque de Vannes établit à Sainte-Anne le Petit-
Séminaire de son diocèse. Il en confia la direction aux
Jésuites, qui la conservèrent jusqu'en 1828.

Louis XVIII voulut donner à cet établissement une
preuve de son affection. Il offrit aux élèves, en 1823,
un tableau précieux de Couder, qui s'élève au-dessus
de l'autel dans leur petite chapelle. Ce tableau représente Marie assise dans la gloire, étendant une main
maternelle vers les élèves qui l'invoquent et tenant, de
l'autre, l'enfant Jésus qui leur ouvre ses bras. Les
élèves sont dans l'attitude de la prière; quelques-uns
sont en habits de clercs et offrent des fleurs, symbole
d'amour et de candeur.

Les annales du pèlerinage ne présentent ensuite au-
cun fait saillant jusqu'à l'époque du couronnement de
la statue de sainte Anne.

XII

LE 7 juillet 1863, Mgr Dubreil, alors évêque de
Vannes et aujourd'hui archevêque d'Avignon, avait
obtenu de Pie IX la faveur de déposer une couronne
d'or sur la tête de la Sainte Vierge. Mais cette faveur
ne réalisait pas toutes les espérances des pèlerins de
Sainte-Anne. Ils demandaient aussi le couronnement
de leur Patronne. Les usages liturgiques n'autorisaient
pas cette dérogation à la règle constamment suivie de
couronner seulement les statues de la Sainte Vierge.

La cause de sainte Anne fut gagnée grâce aux nouvelles instances de Mgr Becel et à l'intervention per-
sonnelle du Souverain Pontife, qui voulut donner à la
Bretagne entière, ainsi qu'il l'a dit lui-même, *une
preuve de sa satisfaction et de sa bienveillance.*

Un bref du 22 mai 1868 délégua l'évêque de Vannes
pour couronner la très-sainte Vierge Marie et sainte
Anne.

Le couronnement eut lieu le 3o septembre de cette même année. Mgr Becel était assisté de Mgr Godefroy Saint-Marc, archevêque de Rennes; de Mgr Sergent, évêque de Quimper; de Mgr David, évêque de Saint-Brieuc; de Mgr Nogret (¹), évêque de Saint-Claude. Mgr Jaquemet, évêque de Nantes, et le R. P. dom Cyprien, abbé de Thymadeuc, retenus par la maladie, n'avaient pu prendre part à cette fête. Mille prêtres environ et une foule considérable de fidèles représentaient non-seulement les cinq diocèses de la Bretagne, mais encore les diocèses de Luçon, d'Angers, de Blois, d'Orléans, de Paris, de Marseille, etc.

Vers neuf heures, la procession se mettait en marche, se déroulant majestueusement dans les cours et les allées du Petit-Séminaire pour remonter vers la chapelle provisoire où devait avoir lieu le couronnement.

En tête défilaient les bannières d'un grand nombre de paroisses du diocèse de Vannes. Les diverses congrégations religieuses de femmes et d'hommes venaient ensuite, précédant le clergé en surplis. Les couronnes et les statues étaient portées entre les rangs des chanoines, suivies par les évêques et les autorités civiles et militaires.

A l'entrée de la chapelle provisoire s'élevait un arc de triomphe aux armes du Pape, de l'archevêque de Rennes et de l'évêque de Vannes. Des mâts vénitiens décorés d'oriflammes, de faisceaux, d'écussons et de guirlandes, ornaient les alentours.

_____

(1) Originaire de Josselin, au diocèse de Vannes.

Lorsque toute la procession fut arrivée, M. l'abbé
Freppel, alors doyen de Sainte-Geneviève et professeur d'éloquence sacrée à la Sorbonne, aujourd'hui
évêque d'Angers, fit un magnifique discours. Il prit
pour texte : *Ignotus erit locus, donec congreget Deus
congregationem populi, et propitius fiat; et tunc Dominus ostendet hæc, et apparebit majestas Domini.*

Le lieu restera inconnu, jusqu'à ce que Dieu y rassemble un grand peuple, pour lui accorder son pardon;
alors le Seigneur le manifestera, et l'on verra apparaître sa majesté.

L'orateur a traité cette double question : *Qu'est-ce
qu'un pèlerinage? Qu'est-ce que le pèlerinage de
Sainte-Anne d'Auray?* Nous regrettons de ne pouvoir
mettre sous les yeux de nos lecteurs que ces pages de
la seconde partie :

« Le pèlerinage de Sainte-Anne d'Auray est, de la
part de Dieu, un gage de bénédictions pour la Bretagne; et, de votre part, c'est l'affirmation permanente
de la foi d'un grand peuple.

» Il y a dans les œuvres divines des harmonies ra-
vissantes pour qui sait en pénétrer le secret; car Dieu
n'agit point sans motifs, et ses desseins sont toujours
marqués au coin d'une sagesse souveraine. Là où des
yeux distraits n'aperçoivent qu'une coïncidence for-
tuite, un regard plus attentif surprend la trace d'un
plan prémédité; et les choses de la foi se rattachent
entre elles par des liens qui, pour être moins appa-
rents, n'en sont que plus réels et plus intimes.

» Ces harmonies, encore plus intelligibles au cœur

qu'à l'esprit, je les découvre sans peine entre la Bretagne et sa Patronne. Oui, il y a bientôt deux mille ans, dans une petite ville de Galilée, vivaient deux époux dont l'union devait être bénie par-dessus toutes les unions de la terre. Le sang des vieux rois de Juda coulait dans leurs veines; mais ce qui se prolongeait en eux avec plus de force encore et de pureté, c'était l'antique foi d'Israël avec ses vertus héréditaires. Le souffle des nouveautés qui emportait le peuple juif hors de ses voies n'avait pu effleurer cette famille patriarcale, restée fidèle aux mœurs et aux traditions du passé. Anne et Joachim étaient des israélites de l'ancienne marque, dociles aux préceptes de la loi, ne s'écartant pas d'une ligne des exemples de leurs ancêtres, inébranlables dans leur foi comme dans leurs espérances; et, si j'osais me permettre un anachronisme en me servant d'une locution que vous avez su rendre proverbiale, je dirais que c'était un vrai couple breton.

» Car si, à vingt siècles de là, je regarde autour de moi, pour chercher le lieu de la terre où se réfléchit le mieux cette figure des temps passés, j'aperçois un peuple qui, lui aussi, a su garder intactes, avec la foi de ses pères, les traditions de loyauté et d'honneur qu'ils lui avaient léguées; un peuple qui a vu les révolutions passer sur sa tête sans se sentir atteint par leur souffle délétère; un peuple au sein duquel la religion a conservé son empire, l'autorité son prestige, la vie de famille son attrait et sa divine poésie; un peuple qui, au milieu des assauts livrés à sa croyance, est resté là debout comme un roc de granit contre lequel sont venus se briser les efforts réunis du schisme, de l'hérésie et de l'incrédulité.

» Vous concevrez dès-lors pourquoi Dieu a établi des relations si étroites entre la Bretagne et sainte Anne; dans quel but il a perpétué parmi vous la mémoire de cette grande famille d'Israël où s'étaient maintenues, comme nulle part ailleurs, avec l'héritage d'une croyance vingt fois séculaire, les promesses de l'avenir. Comment et par quelle voie un tel culte avait-il pris naissance dans quelque lande perdue de la vieille Armorique? C'est là une de ces éclosions mystérieuses qui ne frappent l'esprit des peuples qu'au moment où ils en recueillent les fruits. Le pâtre de l'Ethiopie, qui foule avec indifférence le sol sous lequel le Nil cache ses sources inexplorées, ne se doute pas que de là s'échappe le fleuve qui va fertiliser l'Egypte. Ainsi en est-il des œuvres divines: elles naissent le plus souvent dans le silence et dans l'obscurité; quelquefois même elles semblent se perdre sous terre et dérober à l'œil la trace de leur passage, pour reparaître à quelque distance de là plus éclatantes et plus fortes. Lorsque donc, il y a trois siècles, cet homme de Dieu, dont je me reprocherais de ne pas prononcer le nom en ce jour, quand votre pieux ancêtre Nicolazic fut suscité par Celui qui aime à choisir ce qu'il y a de plus faible selon le monde pour confondre ce qu'il y a de plus fort, c'est à une longue suite de siècles qu'il était appelé à renouer le présent et l'avenir en relevant un culte que vos pères avaient reçu dès l'origine avec la foi chrétienne.

» Oui, ce gage immortel de ses bénédictions, Dieu
l'avait déposé sur le berceau même de votre foi, et
depuis lors, il a voulu que la matronne de Juda
demeurât suspendue sur vos têtes, comme le symbole
et le modèle des vertus domestiques, comme l'idéal de
l'épouse et de la mère, afin qu'à l'exemple de celle qui
eut pour époux un saint, qui eut pour fille la mère de
tous les saints, vous conserviez au foyer de vos familles
la soumission de la piété filiale, le respect de l'autorité
paternelle, la pureté de l'union conjugale, toutes ces
forces qui font la force, l'honneur et la félicité d'un
peuple. Voilà ce que vous venez apprendre devant cette
image que Dieu tient déployée à vos yeux comme le
mémorial de sa loi, et au pied de laquelle il a ouvert
une source de grâces et de faveur pour la Bretagne
tout entière... »

Après ce discours, Mgr Becel a fait donner lecture du
bref apostolique qui le déléguait pour couronner la
Sainte Vierge et sainte Anne.

Les couronnes, dues à la pieuse générosité des fidèles
et à l'habileté de M. Desury, de Saint-Brieuc, ont
ensuite été bénites. Elles sont en or et en pierres fines
d'un prix inestimable. Tous les évêques se sont unis à
Mgr Becel pour les déposer sur le front de Marie et sur
celui de sainte Anne.

Le mauvais temps ayant contraint la pieuse assistance de rentrer à la chapelle du pèlerinage, la messe
fut dite par Mgr Nogret, assisté de M. Laborde,
vicaire-général de Nantes, et de M. Trégaro, aumônier
en chef de la flotte.

Les évêques, les ecclésiastiques, les autorités civiles et militaires se sont ensuite réunis au Petit-Séminaire. A la fin du repas qui leur avait été servi, M. l'abbé Nicol, professeur à Sainte-Anne, a lu cette pièce de vers, dédiée aux évêques de Bretagne, dont plusieurs strophes ont été si justement applaudies :

A NOSSEIGNEURS

LES ÉVÊQUES DE BRETAGNE.

Sainte Anne a triomphé, l'histoire
Conservera de ce grand jour
Le souvenir de notre amour
Et le souvenir de sa gloire.
La foule qui prie au saint lieu
Montre la foi des anciens âges:
On entend de tous nos rivages
L'Hosannah monter jusqu'à Dieu.

Pourquoi sont-ils venus, les fils de la Bretagne,
Matelots ou guerriers, prêtres ou laboureurs?
Pourquoi sont-ils venus de l'agreste montagne
Où le passé revit avec les vieilles mœurs?
Désert est le vallon, solitaire est la grève?
Vers un temple lointain tout un peuple accourait:
Sainte Anne a triomphé! La Bretagne se lève
Pour fêter le grand jour que Dieu nous réservait.

Dans un siècle tel que le nôtre,
On aime voir, comme autrefois,
Le guerrier auprès de l'apôtre,
L'épée à côté de la croix.
Pour le triomphe d'une mère
L'amour, qui remplit tous les cœurs,
Entraîne vers son sanctuaire
Et les troupeaux et les pasteurs.

Elus du Pontife suprême
Qui venez prier avec nous,
Merci! la Bretagne vous aime
Et sainte Anne est fière de vous.
Son temple sera votre ouvrage;
Déjà votre nom resplendit,
Gravé sur la plus belle page
De ce poëme de granit.

Votre voix proclame à la terre
Les grandeurs de la vérité:
Groupés sous le sceptre de Pierre,
Vous défendez sa royauté.
L'âme a besoin de foi pour vivre;
Portez son flambeau sous nos yeux
Et montrez-nous la route à suivre
Entre le Calvaire et les cieux.

La foi s'éteint et le sol tremble
Sous le sceptre de l'Éternel,
L'homme et son roi luttent ensemble,
Le Titan veut vaincre le ciel.

Quel sera le destin du monde
Dans le siècle qui va venir?
Qui sait ce que le flot qui gronde
Enfantera dans l'avenir?

L'homme est fier de son œuvre; il pose une couronne
Sur son front glorieux que le progrès fait roi;
Mais s'il ose oublier que c'est Dieu qui la donne,
Si ce progrès d'un jour veut étouffer la foi,
Il saura ce que peut l'humanité fragile
Contre l'Être à qui seul appartient la grandeur;
Et le monde verra le colosse d'argile
Brisé comme un jouet sous le pied du vainqueur.

Il faudra que son front broyé par l'anathème
S'incline en frémissant sous le pouvoir du ciel,
Afin que transformé par un sanglant baptême
Il accepte la foi comme un germe immortel.
Si le monde a vécu, que son maître le brise!
De ses débris épars sort un monde nouveau.
L'un meurt, l'autre commence, et la voix de l'Église
Va prier sur la tombe et bénir le berceau.

Elle est là, toujours immortelle,
Toujours jeune malgré le temps;
Toujours la divine nacelle
Triomphe des flots inconstants;
Et pendant que l'ombre nous voile
Le port qui s'efface à nos yeux,
Nous voyons rayonner l'étoile
Dont la clarté conduit aux cieux.

Le jour de Dieu viendra! son règne recommence,
Il a planté sa croix! la croix, c'est l'espérance;
Le soleil éternel se lève à l'horizon
Et la plaine déjà blanchit sous la moisson.
Vous nous montrez le Christ qui souffre et nous appelle;
Suivons ses pas sanglants, allons tous à sa voix
Jeter dans l'univers la semence immortelle
Et défendre à ses pieds notre drapeau, la Croix.

Mgr Becel s'est alors levé pour remercier le Souverain Pontife, invisible et présent à cette fête, l'archevêque de Rennes et les évêques qui avaient bien voulu assister à la cérémonie du couronnement. Il a remercié aussi M. Freppel, doyen de Sainte-Geneviève, et M. Le Priol, supérieur du Petit-Séminaire.

La tempête qui, dans la matinée, avait été très-violente, sembla s'apaiser dans l'après-midi, et, vers trois heures, la procession put se rendre de nouveau à la chapelle provisoire de l'enclos. Là, l'archevêque de Rennes, s'adressant à un immense auditoire, lui montra la puissance et la bonté de sainte Anne, puissance et bonté qui devaient désormais se manifester d'une manière encore plus sensible à cause des honneurs qui venaient de lui être rendus.

La foule, après avoir acclamé les noms de sainte Anne et de la Sainte Vierge, fit retentir les cris de: *Vive Pie IX! Vive Mgr l'Archevêque! Vivent NN. SS. les Evêques!*

Mgr Becel l'a félicitée ensuite d'être accourue si nombreuse à la fête de sainte Anne, malgré tout ce qui aurait pu l'arrêter. Il l'a invitée à se recommander à la Patronne de la Bretagne avec une nouvelle ferveur et à prier pour le Souverain Pontife, pour la France et pour l'Eglise.

Tous les prélats ont donné la bénédiction pontificale à la foule pieusement agenouillée, et la procession a repris sa marche pour porter triomphalement à la chapelle, au chant du *Magnificat* et du *Te Deum*, les statues vénérées de sainte Anne et de la Sainte Vierge.

XIII

Il nous faut remonter un peu en arrière. La chapelle à la fondation de laquelle avait tant contribué Nicolazic, étant devenue trop petite, et l'érection d'une chapelle nouvelle sur l'emplacement de celle-là ayant été décidée, la première pierre de ses assises fut posée le 7 janvier 1866 par M. l'abbé Fouchard, vicaire capitulaire (¹), et la première pierre liturgique par l'archevêque de Rennes, le 4 septembre 1866.

La chapelle était à peu près terminée, lorsque les cinq diocèses de la Bretagne se réunirent à Sainte-Anne, le 8 décembre 1872.

L'archevêque de Rennes, les évêques de Vannes, de Nantes et de Quimper, ainsi que Mgr Hillion, évêque

(1) Le siège épiscopal de Vannes était vacant, par suite de la démission de Mgr Gazailhan.

nommé du Cap-Haïtien, étaient arrivés dès la veille au Petit-Séminaire.

La chapelle fut ouverte toute la nuit pour recevoir les pèlerins qui, malgré la pluie, arrivaient à chaque instant de toutes parts. Les messes, commencées à deux heures du matin aux divers autels de la chapelle, se succédèrent sans interruption jusqu'à midi.

Les paroisses du Morbihan entrèrent processionnellement de bonne heure.

Jusqu'à onze heures et demie, les nombreuses députations des diocèses de Rennes, de Nantes, de Saint-Brieuc et de Quimper défilèrent successivement, en récitant le chapelet ou en chantant des cantiques, sur la route qui conduit de la gare à Sainte-Anne. Le régiment des zouaves pontificaux y était représenté par quelques-uns de ces braves qui, en Italie et en France, ont si noblement combattu pour l'Eglise et la Patrie.

Toute la journée, les pèlerins se sont pressés dans la chapelle ; dans la matinée il était difficile de s'y faire un passage. Néanmoins le plus grand calme, le plus religieux recueillement n'ont cessé de régner partout. Plus de vingt mille d'entre eux se sont approchés de la Sainte Table. Il y avait d'illustres représentants de la magistrature, de la marine et de l'armée.

Vers dix heures et demie, la pieuse foule se réunit sur la route d'Auray, à l'endroit où devait commencer la procession solennelle. Grâce au bon goût d'un prêtre du Petit-Séminaire, M. l'abbé Plédran, sacristain de la Basilique, que nous sommes heureux de pouvoir remercier ici de la gracieuseté avec laquelle il a bien voulu se mettre à notre disposition pour nous donner les renseignements dont nous avions besoin; grâce à son bon goût, disons-nous, la route était devenue, sur une longueur de plus de douze cents mètres, une magnifique avenue. Deux lignes de mâts vénitiens, séparés par des arbustes, ornés de banderolles de toutes couleurs, s'élevaient de chaque côté. Des écussons suspendus aux mâts rappelaient les gloires de sainte Anne.

La procession se met en marche vers onze heures.

La musique et les élèves du Petit-Séminaire ouvrent le défilé; viennent ensuite une députation du collége Saint-Sauveur, de Redon; les mobiles du canton de Ploërmel, conduits par leurs officiers, avec un bel étendard qu'ils ont laissé au sanctuaire de Sainte-Anne; les marins portant un ex-voto et leur drapeau, les Frères des Écoles chrétiennes, le clergé, les autorités, les Évêques.

Le peuple forme la haie de chaque côté de la route. Entre les deux lignes flottent deux cents bannières ou oriflammes. Il y a les bannières des cinq diocèses représentés au pèlerinage, et la bannière des quarante-quatre députés bretons qui ont tenu à s'unir aux pèlerins pour prier la Patronne de la Bretagne au milieu des angoisses de la Patrie. On y voit aussi la bannière de l'*Union catholique,* association dans l'intérêt de la foi, que dirige avec tant de zèle M. Guyot de Salins. On remarque surtout un oriflamme simple et gracieux avec cette inscription : *Etudiants de Rennes.*

La statue de sainte Anne s'avance portée par de

robustes marins. Un zouave pontifical, escorté de deux compagnons d'armes, tient le sabre d'honneur, don de la Bretagne, que le général de Charette a voulu déposer aux pieds de sainte Anne. Les précieuses reliques viennent ensuite portées par deux prêtres sur leurs épaules.

Quarante mille pèlerins font entendre des chants divers. On chante en latin, en français, en breton.

Bientôt une partie de cette pieuse multitude s'est rangée au champ de l'Épine, tandis que des milliers de pèlerins ont envahi toutes les places en répétant ce refrain :

Sainte Anne, ô bonne Mère,
Toi que nous implorons,
Entends notre prière
Et bénis tes Bretons.

Quand les marins arrivent avec le tableau qu'ils étaient venus offrir en ex-voto, le chœur, d'une voix virile et grave, entonne ce chant où revit si bien la poésie bretonne:

La foi des Bretons est leur vrai trésor,
Qui put l'oublier, va l'apprendre encor.

A midi et demi les reliques de sainte Anne traversent triomphalement les rangs serrés de son peuple, et l'archevêque de Rennes, les évêques de Vannes, de Nantes, de Quimper et du Cap-Haïtien montent les degrés de la *Scala sancta*. Mgr Fournier prononce un discours, dont nous ne pouvons donner qu'une pâle analyse :

« Il est difficile, dit l'éloquent évêque, de me faire entendre de cette foule immense, mais il est plus difficile encore de rendre le sentiment que j'éprouve, et de peindre le magnifique spectacle qui se déroule sous nos yeux. On dit qu'à notre époque il n'y a plus de foi, que le christianisme se meurt, que personne ne prie plus. Oh! que ne sont-ils présents, ceux qui blasphèment ainsi l'antique foi de la Bretagne? Cette foi, comme vous le chantiez tout-à-l'heure, est le plus cher trésor des Bretons. Une cérémonie si belle, si imposante, se résume dans cette autre parole de votre cantique : *Catholiques et Bretons toujours!*

» Nous sommes catholiques par nos ancêtres, catholiques par nos convictions, catholiques par nos espérances, catholiques toujours!

— *Toujours! toujours!* répond comme d'une seule voix cette immense multitude.

» Nous sommes attaqués tous les jours, poursuit l'orateur sacré; nous sommes attaqués tous les jours, mais nous appartenons à l'Eglise qui, depuis dix-huit siècles, combat sans relâche : les attaques, les persécutions n'ont pu l'ébranler; elle triomphera toujours.

— *Toujours! toujours!* répond le peuple breton.

» Jamais elle n'a été si violemment attaquée qu'aujourd'hui; tout ce qui est saint est l'objet d'agressions sorties de l'enfer; aux autres époques, des vérités particulières étaient niées, la lutte était circonscrite sur tel ou tel point, on reconnaissait la loi générale et on lui obéissait; mais aujourd'hui, on brise tout, on renverse tout, on nie tout, on nie Dieu lui-même; mais Dieu est Dieu, seul il est le maître.

» Il se forme un courant à l'encontre de ces erreurs; il y a un complot de vérités et de vertus, complot qui se produit à la face du soleil, car nous agissons au grand jour et non dans l'ombre, comme nos adversaires. Tous unis dans la même foi, nous jurons d'y être fidèles toujours!

— *Toujours! toujours!* répond le peuple breton.

» L'éclatante manifestation d'aujourd'hui est une manifestation toute bretonne. La Bretagne entière, avec sa population si laborieuse, si forte dans ses convictions, si patriarcale dans ses mœurs, avec ses prêtres respectables, dignes de ce peuple chrétien, avec ses évêques, pasteurs vénérés, est venue ici prier sa glorieuse Patronne et affirmer sa foi.

» L'Eglise entière se trouve en communion avec nous... Le chef suprême de la catholicité, Pie IX...

A ce nom vénéré, les pèlerins interrompent l'orateur par d'unanimes acclamations; trois fois ils s'écrient : *Vive Pie IX, Pontife et Roi!*

» Pie IX, reprend l'éloquent évêque, sait ce qui se passe ici, il vous envoie sa bénédiction suprême : *Spiritu vobiscum sum,* vous dit-il, je suis avec vous, avec vos pontifes, avec vos représentants; je vois avec bonheur la foi qui règne parmi vous.

» C'est là pour la Bretagne un honneur et un encouragement. La Bretagne est honorée par ses aïeux, qui ont rempli le monde de leurs hauts faits; elle est hono-

rée par ses marins qui sont rangés les premiers devant
l'ennemi, par ses fils qui à la guerre ne sont dépassés
par personne, par ses magistrats qui ont un si haut
renom d'intégrité, par ses illustres généraux, ceux qui
ne sont plus et ceux qui vivent encore. Les Lamoricière et les Charette, ces vaillants défenseurs de l'Eglise,
ne sont-ils pas bretons?

» O Bretagne! o ma patrie! o France de Clovis et de
saint Louis, puissent nos prières contribuer à ton bonheur! O Eglise, patrie des âmes! toi qui donnes les
espérances de la vie future, toi qui enfantes les saints,
à toi mon amour, à toi ma vie, mon corps et mon
âme! Que ma droite refuse de me servir, que ma langue
s'arrête, si jamais je viens à t'oublier! »

Les cris de : *Vive l'Eglise! Vive Pie IX!* s'élèvent
de toutes parts.

Mᵍʳ Becel prend ensuite la parole pour se faire l'in-
terprète des députés de la Bretagne. La veille il en
avait reçu une lettre collective annonçant la bannière
dont nous avons déjà parlé :

« Nos députés, dit le pieux évêque de Vannes,
regrettent vivement de ne pas être ici. Absents de
corps, ils assistent d'esprit et de cœur à cette imposante cérémonie. Demandons à notre Patronne de les
inspirer et de les soutenir dans les luttes présentes et
futures. »

Ces paroles sont accueillies par un vivat en l'honneur des députés bretons.

« Vous avez acclamé chaleureusement le Saint-Père,
reprend l'orateur; vous l'acclamerez de nouveau..... »

Mgr Becel est interrompu par ces milliers de pèlerins qui, par trois fois, s'écrient avec amour:

— *Vive Pie IX, Pontife et Roi!*

« Sa Sainteté, que Dieu garde, m'a chargé, ajoute Mgr Becel, d'une mission qui m'a rendu heureux et confus. C'est en son nom que je vais vous bénir. A cette bénédiction apostolique est attachée une grâce dont le prix vous est connu. Mais je dois réclamer *instamment* (remarquez le mot, mes Frères) le secours de vos prières. C'est l'ordre que j'ai reçu de notre Père commun. Oui, Pie IX désire que vous priiez pour le Saint-Siége, pour ses besoins personnels et toutes ses intentions. Quelles sont-elles? Je crois pouvoir vous le dire sans témérité. Pie IX, qui restera une des gloires de ce siècle, attend le triomphe de l'Eglise, persécutée dans sa personne pour la vérité et pour la justice. Pie IX aime la France. Il a compati aux malheurs inouïs qui sont venus fondre sur elle, qui l'ont humiliée, appauvrie et précipitée dans des convulsions effrayantes... Du fond de son palais, converti en prison douloureuse, il appelle de tous ses vœux la prospérité, l'indépendance et la gloire de la Fille aînée de l'Eglise. Il espère qu'elle reprendra le cours de ses magnifiques destinées... »

De chaleureux cris de *Vive la France!* se font alors entendre.

La marine et l'armée sont également acclamées lorsque le vénéré prélat rend hommage à leur patriotisme. « L'une et l'autre, ajoute-t-il, sont dignement représentées ici... Je ne veux nommer personne; mais tout

le monde me comprendra et m'approuvera si j'affirme
que nous avons lieu d'admirer l'héroïsme uni à la piété
la plus attendrissante. Ne connaissons-nous pas de ces
intrépides guerriers qui, non contents d'avoir perdu
un de leurs membres sur les champs de bataille, ver-
seraient pour le salut de leur patrie la dernière goutte
de leur sang généreux, et qui se font honneur de donner humblement l'exemple de la pratique des sacrements!... »

Ce nom que l'Evêque ne prononce pas, la foule le
fait monter jusqu'au ciel, en jetant dans l'air le cri de:
Vive le général de Sonis!

Le vaillant général avait bravé les fatigues que lui
cause son affreuse blessure pour venir à Sainte-Anne.
Nous n'avons pas besoin de rappeler que c'est à Loigny
qu'il fut blessé, ainsi que l'héroïque colonel de Charette, en chargeant contre toute une division prus-
sienne à la tête d'un bataillon de zouaves pontificaux,
secondés par quelques mobiles des Côtes-du-Nord et
les francs-tireurs de Tours.

Mgr Becel bénit ensuite solennellement les pèlerins
au nom du Souverain Pontife.

Une dernière messe est célébrée à la *Scala-Sancta*
par Mgr Hillion, et l'on rentre processionnellement à
la chapelle pour y déposer l'ex-voto des marins. Ce
tableau rappelle la piété des marins bretons. Ils avaient,
pendant la dernière guerre, invoqué sainte Anne, et
leur bonne Patronne les avait protégés. Deux matelots,
les seuls qui aient été blessés, y sont représentés tenant
le drapeau de la France et foulant aux pieds les souve-

6*

nirs de nos désastres; au second plan, deux scènes rappellent les événements terribles dont nous avons été les témoins; au loin apparaissent les provinces maritimes du diocèse, et sainte Anne dans un nuage pour bénir ses fidèles enfants.

Ce tableau est l'œuvre de M. Jules Noël, peintre d'un grand talent.

Les Vêpres sont chantées par Mgr l'évêque de Vannes. Après le *Magnificat*, Mgr Brossais Saint-Marc expose le triple motif qui réunit les pèlerins à Sainte-Anne : reconnaissance, confiance et pénitence.

« C'est la protection de sainte Anne et de la Vierge immaculée, dit-il, qui nous a préservés du fléau de l'invasion, qui a entouré au milieu des dangers nos marins et nos soldats. Le passé nous donne lieu d'espérer que, si de nouveaux malheurs venaient fondre sur la France, nous serions l'objet de la même assistance. Prions nos saintes protectrices d'écarter ces jours mauvais. Mais un des moyens d'apaiser la colère céleste, c'est l'expiation. L'influence délétère qui a tout détruit ailleurs, se fait sentir chez nous. Que la Bretagne veille! qu'elle réagisse contre le mal qui la menace et l'a déjà entamée. Qu'elle garde les mœurs simples et pures des ancêtres; qu'elle reste ferme dans sa foi et fidèle dans sa dévotion à la Sainte Vierge et à sainte Anne! Ainsi méritera-t-elle d'être appelée encore le peuple choisi, la terre des saints : *gens électa, populus acquisitionis...* »

La bénédiction solennelle du Très-Saint-Sacrement est donnée par Mgr l'évêque de Quimper.

Avant de se retirer, les évêques bénissent encore une fois cette pieuse foule qui semble avoir oublié les fatigues du voyage, la longueur des cérémonies et l'inclémence du temps.

La plupart des pèlerins signèrent en ce jour mémorable l'adresse suivante :

« TRÈS-SAINT-PÈRE,

» La Bretagne, sous la conduite de ses évêques, présidés par leur métropolitain, est venue au sanctuaire de Sainte-Anne demander, par l'intercession de sa Patronne, le triomphe de l'Eglise et le salut de la France. Pour accomplir cet acte de foi et d'espérance, pouvait-elle choisir un plus beau jour que le glorieux anniversaire de la proclamation du dogme de l'Immaculée-Conception.

» Informée de notre religieux dessein, Votre Sainteté a daigné nous envoyer sa bénédiction, en y attachant une indulgence plénière. Pasteurs et troupeaux n'ont qu'un cœur et qu'une âme, Très-Saint-Père, pour Vous exprimer leur reconnaissance et se conformer à Vos pieuses intentions. Si nos vœux sont exaucés, Votre délivrance ne se fera plus attendre. Quoi qu'il arrive, notre attachement au Saint-Siége égalera toujours notre vénération et notre amour pour Votre personne sacrée.

» Au nom de quarante mille pèlerins, qui représentent ici notre catholique province, nous réprouvons de nouveau les spoliations iniques consommées dans les États du Pape et les complots sacrilèges qui menacent Rome, l'Italie et le monde entier.

» Très-Saint-Père, par notre compassion et notre fidélité nous proclamerons, à la vie, à la mort, Vos douloureuses épreuves et Vos droits imprescriptibles.

» Qu'il plaise à Votre Béatitude d'avoir pour agréables ces déclarations filiales. Humblement prosternés à Vos pieds, nous sollicitons encore la faveur de la bénédiction apostolique.

» Sainte-Anne, 8 décembre 1872. »

(Suivaient les signatures des évêques, des prêtres et de nombreux pèlerins).

Cette belle fête du 8 décembre 1872, devait avoir une octave. Douze mille personnes environ se rendirent à Sainte-Anne le 15 décembre. On remarquait parmi les bannières, celle de l'Alsace-Lorraine, voilée d'un crêpe funèbre. Cette seconde manifestation religieuse fut aussi bien belle.

XIV

Un bref de Pie IX, en date du 22 mai 1874, a érigé la chapelle de Sainte-Anne en Basilique mineure. Nous devons à ce propos faire connaître les privilèges qui sont attachés à ce titre. Une décision de la Sacrée Congrégation des Rites, en date du 27 août 1836, les a fixés ainsi d'après la coutume et certains rescrits :

1º La Basilique mineure a droit de se faire représenter par un conopée ou pavillon dans l'église même et les processions. On peut orner à sa volonté le pavillon, pourvu qu'il n'y ait ni or ni argent. Une clochette marche avec lui et annonce de temps en temps son passage.

2º Le clergé attaché à la Basilique a droit de porter

au chœur la *cappa-magna*, ornée d'hermine par devant (ou la *cotta* sur le rochet, pendant l'été).

De plus, d'après la coutume, la Basilique mineure peut prendre des armoiries. Ce titre est donc l'anoblissement d'une église.

Cinq églises de France seulement ont été érigées en Basilique mineure:

1° Notre-Dame de Paris, par Pie VII, dans une bulle du 28 février 1805;

2° La cathédrale de Valence qui garde le cœur et les entrailles de Pie VI, par bref de Pie IX, en date du 4 mai 1847;

3° Notre-Dame-de-Lourdes, le 13 mars 1874;

4° Sainte-Anne d'Auray, le 22 mai 1874;

5° L'église paroissiale de Paray-le-Monial, par un bref tout récent.

La Basilique de Sainte-Anne est desservie par deux chapelains et par les professeurs du Petit-Séminaire. M. l'abbé Priol, qui dirige cet établissement avec tant de distinction, est le prieur de la Basilique.

La Basilique est une croix latine en style de la Renaissance. Sa longueur est de cinquante mètres, et sa largeur dans le transept, de trente-deux mètres. Ses trois nefs sont vastes et bien proportionnées; la hardiesse de voûte de la nef du milieu, qui s'élève à dix-sept mètres cinquante, fait honneur à l'architecte, M. Deperthes. Les nefs latérales ont huit mètres cinquante de hauteur. Les colonnes sont massives, mais régulières; le pavé de la Basilique est en granit comme les colonnes.

Le maître-autel est en pierre de Lechaillous, près Grenoble, sauf le rétable qui est en marbre, donné par Pie IX. Il y a huit chapelles, dédiées, les quatre du côté de l'épître, à sainte Élisabeth, sainte Anne, saint Joachim et saint-Yves; du côté de l'Évangile, à saint Jean-Baptiste, à la Sainte Vierge, à saint Joseph et à saint Pierre. Il y aura plus tard, treize chapelles ([1]).

Les autels de la Sainte-Vierge et de Sainte-Anne sont en pierre de Lechaillous (imitation du marbre), et les autres en pierre de Chauvigny.

L'autel de la Sainte-Vierge a été donné par M. Bournet-Aubertot. Le rétable, en albâtre, représente les scènes de la Passion. Il appartient au XVIᵉ siècle. L'autel de Saint-Jean a été donné par le diocèse de Saint-Brieuc; celui de Sainte-Elisabeth par le diocèse de Rennes; celui de Saint-Joachim par le diocèse de Quimper; celui de Saint-Joseph par les Pères du Concile du Vatican.

Les vitraux de la nef latérale qui se trouve à gauche du sanctuaire, représentent la vie de sainte Anne et ses apparitions. Le tombeau de Nicolazic est dans la dernière chapelle de cette nef, dédiée à saint Yves, son patron. Cette chapelle, ainsi que plusieurs autres, a trois vitraux.

Au vitrail de droite, Nicolazic reçoit les derniers sacrements et meurt en odeur de sainteté (13 mai

(1) Le défaut de ressources empêche d'activer les travaux qui sont à faire dans l'interieur de la Basilique. Un appel est fait à la générosité des pèlerins qui voudront contribuer à l'ornementation du sanctuaire de Sainte-Anne.

1643); Henriette-Marie, fille d'Henri IV, la reine infortunée d'Angleterre, y est aussi représentée dans sa visite à Sainte-Anne.

Au deuxième vitrail : — Translation de la relique d'Auray à Sainte-Anne, le 1er juillet 1639. — Le Pape Urbain VIII remet au maréchal d'Estrée la bulle d'érection de la confrérie royale de Sainte-Anne (1639). — L'évêque de Vannes érige la confrérie de Sainte-Anne (16 février 1641).

Au troisième vitrail : — L'évêque de Vannes confie aux Pères Carmes la direction du pèlerinage. — Vœux de Louis XIII et d'Anne d'Autriche (1636). — Naissance de Louis XIV. Reconnaissance de Louis XIII et d'Anne d'Autriche. — Relique de sainte Anne. — Bénédiction et pose de la première pierre de la chapelle.

La chapelle de Saint-Pierre, à gauche de la porte principale, contient le tombeau de Pierre Le Gouvello de Keriolet, conseiller au Parlement de Bretagne, fameux d'abord par son libertinage, puis par sa conversion subite et les rigueurs de sa pénitence. Il demeurait au château de Kerloi, à une heure de Sainte-Anne. Il venait de se convertir quand Nicolazic mourut. Pour expier ses criminels plaisirs, il se condamna à un jeûne de trois ans, au pain et à l'eau, et finit par ne prendre de nourriture que tous les trois jours.

Durant le reste de sa vie, il vécut comme les pauvres. Il se reprochait le mauvais pain noir qu'il mangeait en le mouillant de larmes. Dès sa conversion, il avait vendu sa charge de conseiller et en avait distribué le produit aux indigents. Il avait transformé son château en un hôpital dont il ne se considérait que comme le gardien. Il allait dans les campagnes chercher les malades et les mendiants, et il les portait sur ses épaules quand ils ne pouvaient marcher. Lui-même les servait à table; il ne mangeait qu'après tout le monde, il se contentait des restes. Il dépensait tous ses revenus, qui étaient fort considérables, en bonnes œuvres.

Cédant aux instances de son évêque, il fut promu aux ordres sacrés et se consacra tout entier à ceux qu'il aimait tant, aux pauvres.

Il aimait à venir en pèlerinage à Sainte-Anne. C'est en s'y rendant qu'il fut atteint de l'esquinancie qui devait l'emporter. Il était heureux de pouvoir rendre le dernier soupir auprès de celle qu'il avait si souvent invoquée avec tant de confiance. « Il est temps de mourir, disait-il à ceux qui cherchaient à le rassurer, il est temps de mettre fin au péché. Il vaut mieux mourir que de vivre plus longtemps, quand je ne devrais commettre, en vivant encore, qu'un seul péché véniel. » Le huitième jour de sa maladie, il reçut les derniers sacrements avec une telle ferveur que tous les religieux qui l'entouraient en furent attendris.

Quand sa dernière heure fut venue, on le vit, au milieu de souffrances atroces, étendre les bras en forme de croix; ses yeux s'élevèrent vers le ciel et il expira. C'était le 8 octobre 1660, onze jours après la mort de saint Vincent de Paul, son ami; il était âgé de 58 ans.

Il fut enterré dans la chapelle. Il avait demandé cette faveur, mais il n'osait pas l'espérer : « Il n'y aura sûrement pas de presse, disait-il, à donner la sépulture à un malheureux comme moi, et je serais trop heureux de trouver quelqu'un qui voulût me rendre ce dernier service par charité. »

On conserve à la Basilique son masque de cire et sa calotte, ainsi que quelques lambeaux de sa soutane.

Le premier vitrail, à gauche, de la chapelle de Saint-Pierre représente Keriolet faisant l'aumône; plus bas, il reçoit les derniers sacrements et meurt ensuite en odeur de sainteté.

On voit au deuxième vitrail les adieux des Carmes à Sainte-Anne, en 1790; ils sont chassés, la crosse dans les reins, par les soldats républicains. Puis la chapelle est livrée au pillage, en 1792; la statue de sainte Anne est livrée aux flammes, un habitant de Vannes sauve une partie de la tête (1794).

Les inscriptions suivantes indiquent ce que figure le troisième vitrail :

Le pèlerinage de Sainte-Anne pendant la Révolution, en 1793.

Restauration du pèlerinage de Sainte-Anne. — Mgr *de Pancémont et le Père Bloyet, chapelain, 1801.*

M. Deshays et M. Barré, remettant à Mgr *de Beausset les titres et la propriété de Sainte-Anne, 1815.*

Dans l'une des chapelles de la même nef, un vitrail représente en uniforme les généraux de Cathelineau, de Charette et Trochu. Plus loin, dans la dernière chapelle, un vitrail recommande à la vénération des pèlerins, les noms des trois évêques qui ont élevé les trois chapelles de Sainte-Anne: Saint Mériadec, en 600 ; Mgr de Rosmadeuc, en 1625 ; Mgr Becel, en 1867.

Les vitraux de la nef principale représentent les saints de la Bretagne.

Les armes de Pie IX décorent la voûte du sanctuaire. Elles sont entourées par les armoiries des évêques bretons et de l'abbé de la Trappe de Thymadeuc.

Il y a dans la chapelle de sainte Anne de nombreux ex-votos. Un tableau représentant un petit navire, a été donné le 27 décembre 1673, par quarante-deux marins de la paroisse d'Arzon. Dans un sanglant combat contre les Hollandais, ils avaient, grâce à leur confiance en sainte Anne, échappé presque seuls au massacre de l'équipage de leur vaisseau. Ils vinrent processionnellement remercier leur protectrice en chantant ce cantique que font entendre encore les bons habitants d'Arzon, quand ils vont chaque année renouveler les vœux de leurs ancêtres :

Sainte Mère de Marie,
Par un miraculeux sort,
Vous nous conservez la vie
Dans le danger de la mort.

Avec actions de grâces,
Nous venons en ce saint lieu,
Honorer en cette place,
La sainte Aïeule de Dieu.
    Sainte Mère, etc.

Nous avons été de bande
Quarante et deux Arzonnois
A la guerre de Hollande,
Pour le plus grand de nos Rois.

Ce peuple de notre côte
Vint ici à grand concours,
Les fêtes de Pentecôte,
Implorer votre secours.

Pendant que l'ordre nous mande
Qu'il nous fallait faire état
De voguer vers la Hollande,
Pour leur livrer le combat.

Ce fut de juin le septième
Mil six cent septante et trois,
Que le combat fut extrême
De nous et des Hollandois.

Les boulets comme la grêle,
Passaient parmi nos vaisseaux,
Brisant mâts, cordages, voile,
Et mettant tout en lambeaux.

La merveille est toute sûre
Que pas un homme d'Arzon,
Ne reçut la moindre injure,
De mousquet ni de canon.

Un d'Arzon changeant de place,
Un boulet vint à passer,
Brisant de celui la face
Qui venait de s'y placer.

L'Arzonnois la sauvant belle,
Eut l'épaule et les deux yeux
Tout couverts de la cervelle
De ce pauvre malheureux.

De Jésus la sainte Aïeule,
Par un bienfait singulier,
Nous connaissons que vous seule
Nous gardiez en ce danger.

Par humble reconnaissance,
Nous fléchissons les genoux,
Adorant votre puissance
Qui a paru envers nous.

Recevez toutes nos classes,
Pour tout le temps à venir ;
Sous l'asile de vos grâces,
Nul ne pourra mal finir.

Le portrait de Nicolazic est dans la chapelle de sainte Anne, à droite de l'autel. Dans un autre tableau, Nicolazic raconte à Henriette de France, reine d'Angleterre, le miracle de l'invention de la statue de sainte Anne.

La sacristie, placée derrière le maître-autel, est surmontée d'une voûte soutenue par quatre colonnes. Cette voûte supporte le chœur. Les orgues, qui y sont placées, sortent des ateliers de M. Cavaillé-Coll, de Paris. Elles se composent de deux claviers à main, d'un pédalier de trente notes, de onze pédales de combinaison, de vingt-cinq jeux. C'est un des meilleurs

7*

instruments de cet habile facteur. Dans le fond du chœur s'élève un grand et magnifique tableau, dû au pinceau de M. Lameire. Sainte Anne y est représentée dans la gloire. Elle vient consoler les affligés : à ses pieds l'évêque l'implore pour son troupeau; les zouaves pontificaux, qui ont arrosé de leur sang l'étendard du Sacré-Cœur, lui demandent le triomphe de l'Église et le salut de la France; les marins, dans le naufrage, élèvent vers sainte Anne leurs mains suppliantes; la mère lui demande la conservation de son enfant; le malade lui demande la santé.

Le chœur s'ouvre sur la Basilique par une large arcade. La sacristie et le chœur sont dans l'épaisseur de la tour, qui s'élève avec sa belle flèche à une hauteur de deux cent vingt-six pieds. Cette tour n'est attachée au couvent que par une voûte latérale, afin que les pèlerins puissent contourner la Basilique pour se rendre au Calvaire placé au milieu du cloître intérieur. La flèche est couronnée par une magnifique statue de sainte Anne, en pierre de Kersanton que l'on a dorée. Ce granit se trouve dans la rade de Brest. Il ressemble à du marbre noir quand il est travaillé. Cette statue, haute de dix-huit pieds, est l'œuvre de M. Falgaire.

C'est le 8 décembre 1874 qu'a eu lieu la bénédiction de cette statue monumentale. Ce jour-là, les pèlerins de la Bretagne vinrent en foule, malgré le mauvais temps. Vers dix heures, la procession se déploya sur le parcours ordinaire.

Mgr Becel montait, en même temps, vers le sommet de la tour, et lorsque le clergé et les fidèles arrivaient à la *Scala Sancta,* Sa Grandeur, assistée de M. Priol, supérieur du Petit-Séminaire, des secrétaires de l'Évêché, de M. Deperthes, architecte de la Basilique, parut au pied de la statue.

La bénédiction commença. Ce fut un instant solennel. La voix de Mgr Becel était entendue de tous les pèlerins qui, du champ de l'Épine, s'unissaient à lui pour vénérer la Patronne de la Bretagne. Cette pieuse multitude suivait du regard le Pontife, qui faisait le tour de la statue en l'aspergeant. La bénédiction terminée, Mgr l'Évêque de Vannes entonna le *Te Deum,* que les pèlerins continuèrent avec bonheur.

Visitons maintenant le trésor de la Basilique. Le général de Cissey et le général Bastoul ont confié à sainte Anne l'épée qu'ils portaient sur les champs de bataille; c'est un témoignage de reconnaissance et d'amour. Le général de Charette a donné à la Patronne de la Bretagne le sabre d'honneur qu'il avait reçu de ses compatriotes. Il porte, ce sabre, gravées sur la poignée, ces devises qui résument si bien le cœur du chevaleresque général :

> *Potiùs mori quàm fœdari.*
> *Pro Petri sede.*
> *Victoria quæ vincit mundum fides nostra.*

Le sanctuaire de Sainte-Anne conserve les témoignages précieux de la piété de l'auguste Maison des Bourbons. Il y a le riche reliquaire donné par Louis XIII et Anne d'Autriche; un ostensoir en vermeil, offert par Madame la duchesse d'Angoulême; une lampe en argent, don de Madame la duchesse de Berry; une chasuble, brodée par Madame la comtesse de Chambord.

De nombreuses bannières attestent la fidélité du peuple breton à sa Patronne bien-aimée. Ce sont celles de Vannes, d'Auray, de Josselin, de Redon, de Brest, de Quimper, de Landerneau, de Concarneau, de Guingamp, de Saint-Brieuc, avec les armes de Pie IX entourées des armes de Lamballe, Dinan, Lannion, Tréguier, Saint-Brieuc; de Nantes, avec saint Rogatien et saint Donatien; de Rennes, avec sainte Anne et la Sainte Vierge d'un côté et les armes de Saint-Samson, Saint-Amand, Saint-Malo, Rennes, de l'autre; etc. C'est encore la bannière des députés de la Bretagne, avec cette inscription:

A sainte Anne, Patronne de la Bretagne,
Les députés bretons.
8 décembre 1872.

Il y a aussi la bannière de l'*Union catholique*, sur fond rouge, avec saint Pierre et saint Paul et ces devises:

Sint unum.
In hoc signo vinces.

XV

LA Basilique est située dans une cour rectangu-
laire, longue de 260 pieds, large de 220, dont les flancs
autrefois dessinés par des galeries où s'abritaient les
pèlerins, sont occupés aujourd'hui, par des habitations,
à l'Ouest et au Sud. En suivant la rue des Merciers, on
arrive sur la route d'Auray. A droite, se trouve la fontaine consacrée par la première apparition de sainte
Anne à Nicolazic; à gauche, le champ de l'Epine où
se dresse, dans le fond, la *Scala Sancta*.

La fontaine forme un parallélogramme de 74 pieds
de longueur sur 46 de largeur. Ses bassins, au nombre
de trois, sont octogones. On y descend par des degrés.
Le bassin du milieu reçoit l'eau des deux autres ; il
entoure le piédestal qui supporte la statue de sainte
Anne. C'est celle qui s'élevait au-dessus du portail de
l'ancienne chapelle.

Un rescrit de Pie IX, en date du 14 mai 1870,
accorde à la *Scala Sancta,* de Sainte-Anne, le smêmes

indulgences qu'à celle de Rome. Les pèlerins doivent gravir à genoux l'escalier du Nord et descendre par celui du Sud. Neuf années d'indulgences sont gagnées pour chacune des marches ainsi gravies. Ces indulgences sont applicables aux âmes du Purgatoire.

Au haut de l'escalier saint se trouve un autel que surmontent sous une élégante coupole, les statues de la sainte Famille, tirées en 1815 d'un magnifique rétable des Cordeliers d'Auray, détruit sous la Terreur.

Une parcelle de la colonne de la flagellation de Notre-Seigneur Jésus-Christ est incrustée dans l'autel. Une indulgence de quarante jours est gagnée par ceux qui baisent cette relique avec dévotion et contrition.

Pie IX accorde des indulgences plénières pour un jour quelconque de chaque année, aux pèlerins qui, après avoir communié, visitent la Basilique de sainte Anne et prient aux intentions du Souverain Pontife.

Des indulgences plénières sont, en outre, accordées pour le 26 juillet, fête de sainte Anne, et chacun des jours de l'Octave et pour le jour anniversaire du couronnement de sainte Anne et tous les jours de l'Octave. Les indulgences plénières, dites de la Portioncule, peuvent être gagnées le 2 août par tous ceux qui, après s'être approchés de la Sainte-Table, visiteront la Basilique depuis les premières vêpres jusqu'au coucher du soleil.

Les fidèles qui visitent la chapelle de sainte Anne peuvent gagner les indulgences accordées par les Souverains Pontifes, à ceux qui vont prier dans celle de N.-D.-de-Lorette, en Italie.

Pie IX a érigé en archiconfrérie pour la France et les Colonies, la confrérie instituée sous Mɢʳ de Rosmadeuc.

L'association a pour but de propager le culte de sainte Anne; de combattre l'impiété de notre époque; d'attirer la protection de sainte Anne sur l'Eglise et son Chef, sur la France et ses pasteurs, sur le clergé et les fidèles; de solliciter, par l'intercession de la Patronne de la Bretagne, la conservation de la foi et de l'esprit chrétien dans les familles; de remercier notre bonne mère sainte Anne, des grâces spirituelles et temporelles qu'elle a obtenues à ses enfants et de lui en demander la continuation maintenant et à l'heure de la mort.

Les avantages de l'archiconfrérie sont :

1º De gagner une indulgence plénière le jour de l'admission; à l'article de la mort; le jour de la fête de sainte Anne; aux fêtes de saint Yves, de saint Louis, roi de France; de la Translation des reliques de saint Vincent-Ferrier, de saint Michel, de Noël, de l'Immaculée-Conception, de la Nativité de la sainte Vierge, de saint Joachim et le quatrième dimanche de chaque mois.

2º D'avoir part aux prières publiques récitées tous les jours, dans l'église du pèlerinage, à la fin de la première messe et de la dernière, aux recommandations publiques faites tous les dimanches et tous les jours de fête dans l'église du pèlerinage ; aux litanies de sainte Anne, chantées tous les dimanches avant la bénédiction du Saint-Sacrement; aux intentions de deux messes qui sont célébrées solennellement chaque année, au siège de l'archiconfrérie, l'une, le jour de la fête de saint Joachim, pour les associés vivants, l'autre, le lendemain, pour les associés défunts; aux bonnes œuvres et aux prières des associés.

Pour être admis, il faut se faire inscrire sur le registre de l'Archiconfrérie. On doit ensuite réciter une fois par jour, aux intentions de l'Archiconfrérie, un *Ave Maria,* suivi de l'invocation : *Sainte Anne, priez pour nous.* Les associés sont invités à porter la médaille de sainte Anne.

Les fêtes de l'Archiconfrérie sont : la fête de saint Joachim, fête principale; le 7 mars, jour anniversaire de la découverte de la statue miraculeuse de sainte Anne; les fêtes de saint Joseph (19 mars), de sainte Anne (26 juillet), de la Nativité de la Sainte Vierge (8 septembre), de l'anniversaire du couronnement de sainte Anne (30 septembre), de l'Immaculée Conception de la Sainte Vierge (8 décembre).

Une indulgence de cent jours a été accordée par Pie VII, le 10 janvier 1815, à tous les fidèles qui réciteront avec un cœur au moins contrit cette prière :

« Je vous salue, Marie, pleine de grâce, le Seigneur » est avec vous, que votre grâce soit avec moi : vous » êtes bénie entre toutes les femmes; bénie soit sainte » Anne, votre mère, dont vous êtes née sans tache et » sans péché, ô Marie; et de vous est né Jésus-Christ, » fils du Dieu vivant. Ainsi soit-il. »

Ceux qui réciteront au moins dix fois, chaque mois, cette prière, gagneront une indulgence plénière le jour de la fête de sainte Anne, pourvu que, véritablement contrits, et ayant fait la Sainte Communion, ils visitent dévotement une église et y prient aux intentions du Souverain Pontife.

En outre, quarante jours d'indulgence sont accordés aux personnes qui réciteront ces litanies de sainte Anne :

LITANIES DE SAINTE ANNE.

SEIGNEUR, ayez pitié de nous.

Jésus-Christ, ayez pitié de nous.

Seigneur, ayez pitié de nous.

Jésus-Christ, écoutez-nous.

Jésus-Christ, exaucez-nous.

Père céleste, qui êtes Dieu, ayez pitié de nous.

Fils Rédempteur du monde, qui êtes Dieu, ayez pitié de nous.

Esprit-Saint, qui êtes Dieu, ayez pitié de nous.

Sainte Trinité, qui êtes un seul Dieu, ayez pitié de nous.

Sainte Anne, priez pous nous.

Sainte Anne, aïeule de Jésus-Christ,

Sainte Anne, mère de Marie, toujours Vierge,

Sainte Anne, épouse de Joachim,

Sainte Anne, belle-mère de Joseph,

Sainte Anne, arche de Noé,

Sainte Anne, arche de l'alliance du Seigneur,

Sainte·Anne, mont d'Oreb,

Sainte Anne, racine de Jessé,

Sainte Anne, arbre fécond,

Priez pour nous.

Sainte Anne, vigne fructifiante,
Sainte Anne, issue de race royale,
Sainte Anne, la joie des Anges,
Sainte Anne, fille des Patriarches,
Sainte Anne, oracle des Prophètes,
Sainte Anne, gloire des Saints et des Saintes,
Sainte Anne, gloire des Prêtres et des Lévites,
Sainte Anne, nuée pleine de rosée,
Sainte Anne, nuée resplendissante,
Sainte Anne, nuée lumineuse,
Sainte Anne, vase rempli de grâces,
Sainte Anne, miroir d'obéissance,
Sainte Anne, miroir de patience,
Sainte Anne, miroir de miséricorde,
Sainte Anne, miroir de dévotion,
Sainte Anne, rempart de l'Eglise,
Sainte Anne, refuge des pécheurs,
Sainte Anne, assistance des chrétiens,
Sainte Anne, délivrance des captifs,
Sainte Anne, consolation des personnes mariées,
Sainte Anne, mère des veuves,
Sainte Anne, gouvernante des vierges,
Sainte Anne, port de ceux qui sont sur la mer,
Sainte Anne, chemin des voyageurs,
Sainte Anne, santé des malades,
Sainte Anne, guérison de ceux qui sont dans la
  langueur,
Sainte Anne, lumière des aveugles,
Sainte Anne, langue des muets,
Sainte Anne, oreille des sourds,

Priez pour nous.

Priez pour nous.

Priez pour nous.

Sainte Anne, consolation des affligés, priez pour nous.

Sainte Anne, l'aide de tous ceux qui ont recours à vous, intercédez pour nous.

Agneau de Dieu, qui effacez les péchés du monde, pardonnez-nous, Seigneur.

Agneau de Dieu, qui effacez les péchés du monde, exaucez-nous, Seigneur.

Agneau de Dieu, qui effacez les péchés du monde, ayez pitié de nous.

Jésus-Christ, écoutez-nous.

Jésus-Christ, exaucez-nous.

℣. La grâce est répandue sur vos lèvres.

℟. C'est pourquoi Dieu vous a bénie pour l'éternité.

ORAISON.

Dieu tout-puissant et éternel, qui avez daigné donner la bienheureuse Anne pour mère à Celle de votre fils unique ; faites, nous vous en conjurons, qu'honorant sa mémoire par une dévotion fidèle, nous obtenions par ses mérites des suffrages de vie éternelle, ô vous qui régnez dans les siècles des siècles.

APPENDICE.

PAROISSES QUI SE RENDENT A JOUR FIXE EN PÈLERINAGE
A SAINTE-ANNE D'AURAY.

SOIXANTE-DIX paroisses environ se rendent à jour fixe en pèlerinage au sanctuaire de Sainte-Anne. Voici leurs noms, ainsi que le jour de leur arrivée et l'heure de leur procession :

Guénin, lundi de Pâques, à dix heures.

Riantec, quatrième lundi après Pâques, à huit heures.

Locmariaquer, 12 mai, à neuf heures.

Trinité-sur-Mer, lundi dans l'Octave de l'Ascension, à sept heures et demie.

Meucon, lundi dans l'Octave de l'Ascension, à huit heures et demie.

Theix, lundi dans l'Octave de l'Ascension, à neuf heures et demie.

Saint-Nolff, lundi dans l'Octave de l'Ascension, à dix heures et demie.

Monterblanc, lundi dans l'Octave de l'Ascension, à dix heures et demie.

Saint-Avé, mercredi dans l'Octave de l'Ascension, à neuf heures.

Locminé, second dimanche de mai, à dix heures.

Surzur, mardi dans l'Octave de l'Ascension, à huit heures.

Arradon, mardi dans l'Octave de l'Ascension, à neuf heures.

Arzon, lundi de la Pentecote, à six heures.

Plouharnel,   —   à sept heures.

Camors,   —   à huit heures et demie.

Chapelle-Neuve, — à neuf heures et demie.

Plumelin,   —   à neuf heures et demie.

Baud,   —   à dix heures et demie.

Quiberon, mardi de la Pentecôte, à six heures.

Larmor-Baden, — à neuf heures.

Plœren, jeudi de la Pentecôte, à huit heures et demie.

Plougoumelen, lundi de la Trinité, à huit heures.

Moréac,   —   à neuf heures.

Languidic,   —   à dix heures.

Locmaria-Grandchamp, mardi de la Trinité, à huit heures.

Plœmel, jeudi de la Trinité, à sept heures.

Crach,   —   à huit heures.

Landaul,   —   à neuf heures.

Landevant,   —   —

Grandchamp, — à dix heures.

Saint-Philibert, lundi du Sacre, à huit heures.

Plescop, mardi du Sacre, à huit heures.

Plumergat,   —   à neuf heures.

Brandivy, jeudi de l'Octave du Sacre, à huit heures.

Brech,   —   à dix heures.

Carnac, lundi après l'Octave du Sacre, à sept heures.

Moustoir-Ac,   —   à huit heures.

Séné,   —   à neuf heures.

L'Ile-d'Arz, mardi après l'Octave du Sacre, à huit heures.

Pluméliau, 23 juin, à huit heures.

Colps,   —   à dix heures.

Locoal-Mendon, 24 juin, à six heures.

Mendon,   —   à sept heures.

Etel,   —   à neuf heures.

Nostany,   —   à dix heures.

Saint-Pierre-Quiberon, 25 juin, à huit heures.

Saint-Mériadec, 28 juin, à onze heures.

Baden, 29 juin, à neuf heures.

Merlevenez, 29 juin, à neuf heures.

Sainte-Hélène,   —   —

Pluvigner,   —   à dix heures.

Plaudren, 2 juillet, à neuf heures.

Locqueltes, 6 juillet, à sept heures.

Sarzeau, 7 juillet, à huit heures.

Lorient, 9 juillet, à huit heures.

Vannes, second dimanche de juillet, à dix heures.

Hennebont, lundi après la solennité de Saint-Pierre, à neuf heures et demie.

Erdevent, lundi après la solennité de Saint-Pierre, à huit heures.

Saint-Goustan, dimanche après la fête du Mont-Carmel, à dix heures.

Auray, mardi après la fête de Sainte-Anne, à dix heures.

Pluneret, lundi des Rogations, à sept heures.

Houat, 1er juin, à cinq heures.

Hœdic, — —

Plouhinec, 25 juin, à dix heures.

Belz, dimanche après l'Assomption, à dix heures.

Remungol, 21 juillet, à dix heures.

Congrégations de Vannes, premier dimanche de mai, à sept heures et demie.

Collége des Jésuites de Vannes, dernier jeudi de mai, à sept heures et demie.

Les Conférences de Saint-Vincent-de-Paul de Bretagne s'y rendent dans le mois de juillet, et les Cercles catholiques de Bretagne dans le mois d'août.

5467 — Nantes, Imp. CHARPENTIER, A. Boucherie et Cᵒ, suo.

OUVRAGES DU MÊME AUTEUR

Les Zouaves pontificaux en France.

Les Martyrs de la France (1870-71).

Le Pèlerinage de l'Anjou à Paray-le-Monial
(29-30 juin 1874).

SOUS PRESSE

Le Frère Philippe.

Les Inondations du bassin de la Garonne, (mois
de juin 1875).

EN PRÉPARATION

*Souvenirs historiques de Sainte-Anne d'Auray
et de ses environs.*

Lourdes et Betharam.

Le Siége de la Seo-d'Urgel.

Nantes, imp. CHARPENTIER, A. Boucherie et Cⁱᵉ, suc.